우리는 표류하고 있습니다

경상도의 딸들은 왜 진보가 되었나

안지은·전윤채 에세이

차례

작가의 말

현시대가 바다라면,
내게 밀려오는 무수히 많은 파도들이 있고
이 기록은 그 파도 위를 표류하면서 떠오른
나의 지극히 개인적이고 사소한 이야기들이다

이야기를 풀어 나가면서 나는
표류의 마음보다는 서퍼의 마음에 가까워졌지

우린 어떻게 될까?
같이 배워 보자

2024년 12월
안지은

사는 게 팍팍한 걸 넘어 아득한 친구들,
그런 우리가 어려운 어른들에게–

비상계엄이 이 책을 검열할 뻔했지만
다행히 있는 그대로 나왔다

그러니 나의 꽃밭부터 폐허까지
찬찬히 둘러보시길

2024년 12월

전윤채

집에 들어가기 싫다
특별한 이유는 없다
집 말고 다른 장소를 갖고 싶어서

(……)

혼자였는데 더 혼자가 되고 싶은 이 마음은 뭘까

— 하상만 시 「캠핑 의자」 中
(『추워서 너희를 불렀다』, 2022)

1. 여행

불투명한 현재 속에서도 서로의 체온을 나누다

여행
: 윤채의 이야기

: 우리는 표류하고 있어

지은과 나는 스무 살에 처음 만나 고작 12년 동안 친구로 지내 왔다. 고작이라 말하는 이유는 앞으로도 우리가 함께할 날이 너무 많이 남아서 그렇다. 지은과 나는 대학 내내 붙어 다니며 자취까지 함께했고, 몇 년간 같은 직장을 다니기도 했던, 그야말로 소울 메이트다.

'대학 친구는 오래 못 간다', '친한 사람이랑 자취하면 파멸을 본다', '친구랑 여행 가면 절교한 상태로 귀국한다'는 말들은 모두 우리를 비껴갔다. 함께하는 에피소드가 쌓일수록 우리는 서로를 더욱 아끼게 되었다. 지금은 서로 살가운 말을 건네지 않아도 마음 깊은 곳을 어떻게 토닥여 주어야 하는지 아는 사이이다. 그런 우리가 서른두 살이 되었다.

2023년이 되고 난 후 우리에게 종종 화두로 떠올랐던 주제는 "만 나이 시행되면 2년 어려지는데 뭐가 달라지지?"였다. 우리는

MBTI 'N'답게 상상의 나래를 줄줄 늘어놓다가 마지막에 꼭 이렇게 마무리했다. "에이, 2년 어려지면 뭐하노. 똑같다!"

정말 똑같았다. 오히려 앞으로 누군가 나이를 물어 올 때 어떻게 답해 줘야 할지 고민에 빠지기만 했다. 현재까지 나온 방안 중에선 연도로 알려 주는 방법이 최선이었다. '몇 살이세요?' 물으면, '92년생이요.'라고 대답하는 거다.

1992년생. 디지털의 발전과 함께 자란 첫 세대이자, 88만 원 세대/삼포 세대/MZ 세대 등등 다양한 이름을 부여받으며 분석되고 있는 집단이다. 유독 많은 인구수를 기록하는 이유는 베이비 붐 세대baby boom generation인 부모님들이 안정된 생활 속에서 자녀를 많이 낳았던 덕분인데, 안타깝게도 안정된 삶까진 물려받지 못했다. 갈수록 심해지기만 하는 경제 침체, 사회 갈등, 빈부 격차 탓에 남과 경쟁하고 비교하는 일엔 익숙해졌지만 왜 그렇게 살아야 하는지는 생각해 볼 겨를이 없었기 때문에, 미래를 위한 변화나 내 자아를 위한 도전 대신 하루를 무난하게 버티면서 현실에 순응하는 태도를 배워야 했다. 혹은 남들보다 뒤처지는 것 같다는 조바심을 떨쳐내기 위해 목적 없는 자기 채찍질을 하다가 오히려 삶의 동력을 잃기도 했다. 그렇게 무력화된 마음 상태로 30대가 된 청년이 바로 우리, 92년생이다.

그래서인지 나는 92년생의 누군가를 만나면 전쟁터에서 만난 동지 같다. 무한 경쟁 시스템만으로도 버거운데 우리는 경쟁자까지 많아서 무엇 하나 쉽지 않았다. 인생 첫 수능은 역대 전

무후무한 응시생 수를 기록했고 취업, 국가고시 경쟁률은 높아지기만 했다. 그야말로 바늘구멍에 코끼리 넣기. 겨우 한자리 얻고 나서 보면 위에는 여전히 어른들이 자리를 꿰차고 있는데, 그들의 삶도 썩 안정적으로 보이진 않는다. 그래서 일상 속에서 희망을 느낄 일이 잘 없다.

거기다가 요즘 청소년들은 내가 배운 것과 왜 이리 다른 삶을 사는지. 대학에 진학하지 않는 경우가 많다는 걸 알고는 말 그대로 쇼크를 먹었다. 나의 청소년기는 대학 입학을 위해서 보낸 시간들밖에 없는데 말이다. 그때엔 대학에 가려는 사람들이 많아 입학하는 것 자체가 힘들었는데 지금은 학생 수가 없어 학교가 문을 닫고 있으니 정말 격세지감이다.

세상은 왜 변하는지, 나는 왜 그런 세상에 매번 걸러지는지, 그렇다고 사회가 발전하는 거 같진 않은데 이 현상은 대체 뭔지, 혼란스러울 뿐이다.

그래서 92년생 전윤채는 표류하고 있다. 망망대해에 떠 있는 뗏목처럼. 지평선을 바라보고 있다. 육지에 꼭 한 번은 닿을 수 있을 거라 믿으며, 이렇게 넘실대는 불안 따위에서 벗어나 땅처럼 단단한 미래가 내게도 있을 거라 위로하며. 조난 같은 현실에서 탈출할 수 있는 건지, 가능하긴 한 건지 알 수 없어서 나는, 표류하고 있다.

: 지은아 못 알아봐서 미안해

지은과 나의 첫 만남에 대해 이야기해 본다. 우리는 네이버 카페 '수능 날 만점을 휘날리며'에서 처음 만났다. 대학교 합격 발표가 난 후 친구를 미리 사귀기 위해 같은 학교·학과인 회원에게 쪽지를 남겼는데, 연락이 닿은 친구 중 하나가 지은이였다. 우리는 싸이월드 친구까지 맺으며 간간이 대화를 했다. 그때도 지은이는 이모티콘을 화려하게 써 가며 활발하게 대화를 이어 가는 아이였다. 미니홈피 대문을 자신의 셀카로 꾸며 놓았고(이건 절대 흔한 일이 아니었다) BGM은 감각적이면서 신나는 노래였다. 투데이 수와 누적 방문 수는 어찌나 높던지, 내향형 인간인 나는 조금 기가 죽었다. 그래도 미니홈피 대문 속 지은이가 너무 귀여워서 빨리 친해지고 싶었다.

한 달의 시간이 지나 신입생 오리엔테이션 날, 아무리 주위를 둘러봐도 지은이가 없었다. 미니홈피 속 셀카와 똑같은 단발머리를 한 친구가 있었지만 얼굴이 달랐다. 용기가 없어 대놓고 주변을 살피지도 못한 채 곁눈질로 강의실을 둘러봤다. 내 옆에 앉은 동기들은 서로 한번 만난 적이 있었는지 이미 친해 보였다. 그들 사이에서 쭈뼛쭈뼛 말도 못하고 가만히 앉아 있는데 누군가가 내 이름을 불렀다. 돌아보니 단발머리 그 애였다.

그의 큰 목소리에 이목이 집중되자 머릿속은 하얘지고 남은 생각은 딱 하나였다. '쟤는 누구기에 내 이름을 부르지? 나를 아나? 설마… 지은이는 아니겠지?'

맞았다. 그게 지은이였다. 지은이는 혼란스러워 하는 나의 표정을 보곤 말해 주었다.

"나 진짜 셀카랑 얼굴이 많이 다르긴 한가 보네."

사실이었다. 나만 그리 생각한 건 아니었다. 지은이는 누구에게나 인정받는 셀카 고수였다. 사진 찍기 스킬도 남다르긴 했지만, 무엇보다 얼굴을 보정하는 실력이 엄청났다. 눈을 키우고 턱을 깎아내는 게 과해 보여도 막상 나오는 결과물은 정말 자연스러웠다. 실제 인물과 많은 차이가 있었지만 지은이는 창피해하지 않았다. 그저 사람들과 더 많이 얘기하고 빠르게 친해질 수 있는 이야깃거리 중 하나였다. 나에게 사진이랑 자기 얼굴이 얼마만큼 다른지 물으며 대화를 이어 갔듯이, 지은이는 밝고 쿨한 에너지로 나와의 첫 만남을 꾸몄다.

지은이는 그렇게 호탕한 성격으로 사람들을 휘어잡았다. 늘 주변에 사람이 많았기 때문에 나와 친해질 거라곤 생각하지 않았다. 사실 지은이의 기백이 무서웠다. 과 행사를 할 때마다 원맨쇼 급으로 지은이가 분위기를 띄우면 나는 주로 멀리서 구경했다. KGB 캔에 취해 잠들었던 나와 달리, 지은이는 술도 잘 마셔서 밤낮 가리지 않고 사람들을 만나며 발을 넓혔다. 지은이가 캠퍼스를 호령하며 다닐 때 나는 동아리 활동을 하거나 과 동기들과 사부작사부작 놀러 다녔다.

한마디로 지은이가 완벽한 외향형 인간이라면, 나는 내향형이었다. 그런데도 우리가 친해진 건 시와 문학 때문이었다. 사실 방송 작가를 하기 위해 대학에 들어갔던 건데 지은이와 시를 쓰면서 순수 문학으로 관심을 틀게 되었다. 지은이는 1학년 때부터 순수 문학을 하겠다고 말하던 당당한 아이였다. 그 확고함이 흥미로워서 나도 좀 더 진지하게 공부하기 시작했고 본격적으로 시에 빠져들었다. 우리는 수업뿐만이 아니라 저녁과 새벽, 가끔은 아침까지 같은 테이블에 앉아 글을 쓰면서 온전한 친구가 되었다.

: 친구라는 말이 사람으로 태어난다면 내 앞에 있을 지은

우리는 첫 자취도 함께했다. 합정에 낡은 투룸을 구해 3년가량 살았는데, 이리저리 증축을 한 나머지 집이 아니라 누더기 같은 곳이었다. 옵션으로 있던 에어컨은 근대 역사 박물관에서 볼 법한 아주 오래된 모델이었다. 오래되었다는 말로도 부족하달까. 전원을 켜는 순간 고대 먼지까지 다 분출할 것 같은 비주얼이었고, 전기세도 폭탄으로 나올 게 분명했는데, 집주인 할아버지는 옵션이니 마음껏 쓰라고 했다.

그런 누더기 집에서 가장 재밌었던 건 지은이와 함께 여행을 다녔던 거다. 우리는 갓 친해졌을 때부터 꼭 터키에 가자고 약속했다. 나는 터키 과자를 먹어 보고 싶었고 지은이는 파묵칼레에 가 보고 싶어 했다. 처음 서로를 불렀던 애칭이 턱메(터키 메이트)였던 것도 기억난다. 그런데 정작 우리는 첫 여행지로 태국을 골랐다. 터키는 돈 없는 대학생이 가기엔 너무 비싼 곳이어서 물가도 비행깃값도 날씨도 따스한 태국이 우리의 첫 여행지가 되었다.

외향적인 지은이는 외국에서도 한결같았다. 입국 수속을 끝내고 게이트로 나온 우리는 출출해서 편의점에 들렀다. 두 개의 음료수 중에서 고민하던 지은이는 옆에 있던 공항 직원에게 뭐가 더 괜찮은지 물었다. 나 같으면 물어볼 생각도 안 하고 아무거나 먹었을 텐데, 역시 외향형 인간은 달랐다. 지은이는 처음엔 영어를 시도하더니 중간부턴 안 되겠는지 한국어로 "이게 더 맛있어요? 아니면 이거?"라고 물어보았는데, 태국 현지인인 공항 직원이 한국어로 "이거요."라고 대답하는 게 아닌가. 지은이의 놀란 표정이 너무 웃겨서 나는 배를 잡고 웃었다. "허허. 한국어를 참 잘하시네." 머쓱하게 말하며 지은이는 직원이 골라 준 음료를 결제했다. 외국어를 못해도 지은이처럼만 당당하면 어디서든 적응할 것이다.

지은이는 그만큼 어떤 상황에서도 자기다움을 잃지 않았다. 얼음을 타 먹는 문화가 없는 이탈리아에선 꼭 "아이스ice, 아이스." 하며 얼음물을 받아냈고, 베트남 야시장에선 원하는 가격에 줄 때까지 "익스펜시브expensive, 익스펜시브." 하며 흥정했다. 사이판에선 마음에 드는 푸드 트럭을 찾기 위해 행인들에게 "디스this? 디스?" 하며 어디가 맛있는지 추천받았다. 나는 그럴 때마다 지은이의 뒤에서 웃기 바빴다. 호텔 프런트에 전화하거나 액티비티 예약 상황을 물어봐야 할 때는 영어 좀 해 달라고 나에게 부탁하면서, 원하는 게 있으면 눈을 반짝이면서 직접 나섰다. 지은이와 여행하면 그 모습을 보는 재미가 쏠쏠했다. 하긴 지은이는 한국에서도 그러는데 해외라고 다를까 싶다.

특히 태국의 꼬따오라는 섬은 한국인 관광객이 적어 한국어가 통하지 않는 여행지였다. 그런데도 지은이는 틈만 나면 처음 본 현지인과 스몰토크를 시도했다. 한국에서 갖고 간 선글라스의 렌즈가 깨져서 맨눈으로 다니던 와중에, 야시장에서 똑같은 제품을 발견하곤 냉큼 구매하면서 왜 이걸 사는지 가판대 상인에게 설명해 주기 위해 애썼다. 왜 저래야만 할까, 참 신기하단 생각이 들었지만 시트콤을 보는 것 같아서 그냥 지켜보았다.

"마이 선글라스my sunglass, 디스 선글라스this sunglass, 세임same."

그렇게 기분 좋게 사고 난 후 밝은 곳에서 착용해 보니 렌즈에 온갖 스크래치가 나 있어 앞이 보이지 않았다. 야시장이 어두워서 선글라스 상태를 전혀 모르고 사 버린 탓이었다. 어떻게든 소생시키려 해 봤지만 역부족이었고, 지은이는 결국 도합 두 개의 선글라스를 버려야 했다.

그때까지도 나는 지은이란 친구에 대해 알아 가는 중이었다. 첫 여행에서 확실히 알게 된 건 시트콤 같은 친구라는 거다. 의도하지 않아도 희로애락이 알아서 찾아오는 친구랄까. 이런 에피소드도 있었다. 방콕에 도착하자마자 냉장고 바지를 왕창 사 입곤 사진을 찍기 위해 다리를 올렸다가 시원하게 찢어 버린 적이 있었다. 다른 새 바지들이 있으니 괜찮다고 했지만 입어 보니 맞는 사이즈가 하나도 없었다. 바지 한 장, 한 장 입을 때마다 지은의 표정은 시들어 갔지만, 환불을 받을 수가 없어서 입지도 못하는 바지를 한국으로 가져가야 했다. 그 이후로 바지의 행방은 듣지 못했다. 그때 방콕의 저주에라도 걸렸던 걸까? 그 이후로 지은인 10년 동안 마음에 드는 냉장고 바지를 찾지 못했다.

지은이는 스스로도 자신을 원초적인 사람이라 말했다. 배고프면 화내고, 맛있으면 기분 좋고, 배부르면 짜증 낸다고. 내가 보는 지은이는 정말 그렇다. 좀 더 자세하게 지은이를 묘사하자면 지은이는 길 가다 만난 풍경이 아름다우면 행복해하고, 처음 본 사람이 재밌으면 신나서 친해지고, 쇼핑할 땐 앞뒤 안 가리다가 짐이 많아지면 후회하고, 귀국 후엔 친구들을 만나러 다니며 기념품을 선물해 주는데, 상대가 좋아하는 모습을 보며 기뻐한다. 그러다가 돈이 없으면 슬퍼지지만 금방 다음 여행을 계획한다. 자기 감정을 숨기지 않을뿐더러 순간을 즐기기 때문에, 맞다. 지은이는 원초적이다. 그래서 지은이를 보고 있으면 재미있다. 지은이에겐 유머와 쿨함이 있지만, 악의나 나쁜 영향력은 없다. 자신을 위한 기념품보다 선물을 더 많이 사는 마음처럼, 지은이는 주변을 돌보는 사람이다. 첫 만남에서 얼굴을 알아보지 못했던 나에게 기분 나빠하지 않으면서 '내가 셀카 보정을 잘해서 그래'라며 넘길 줄 아는 친구다. 어색해하는 신입생 사이에선 분위기를 책임지는 리더이고, 통역이 힘들다는 걸 알기에 영어를 못해도 자기 선에서 해결할 수 있는 일은 직접 나서서 수고를 나눠 주는 동행이다.

이렇게 따뜻하고 웃기고 재밌고 유일무이한 친구가 나에게 있다. 친구라는 의미 그대로의, 어떠한 수식어도 필요하지 않은, '친구'라는 말만으로 다 표현되는 사람. 내 친구 지은이. 지은이와 앞으로 또 어떤 사건과 에피소드를 만들지 기대하곤 한다.

[지은 댓글]

가만 돌이켜 보면, 서른둘이 된 지금까지 너와 쌓은 추억들이 무지 많네. 신기한 건, 너와 내가 인상 깊게 기억하고 있는 것들이 비슷하다는 거야. 나도 신입생 환영회 때 널 처음 본 그날과, 함께 태국으로 첫 해외여행을 간 게 아직도 생생하거든. 꼬따오에서 인생 처음으로 스쿠버다이빙을 경험했고, 그때 스쿠버다이빙의 매력에 빠지게 돼 지금도 스쿠버다이빙을 할 수 있는 여행지라면 무조건 하고 보는 나야! 여행지의 바다는 제각각 매력이 있지만, 그래도 여전히 내게 가장 좋은 바다로 남아 있는 곳은 꼬따오야. 꼬따오에 머무는 기간 동안 빡빡한 일정을 감내한다면 스쿠버다이빙 라이센스를 딸 수 있었는데, 고민하다가 우리 둘 다 따진 않았잖아. 요즘 좀 후회하고 있어. 그때 라이센스를 땄으면, 지금쯤 바다를 더 자유롭게 누비고 있었을 텐데. 그래서 2024년 버킷 리스트에 스쿠버다이빙 라이센스 따는 걸 적어 뒀지롱! 다 네 덕분이야. 첫 경험을 좋은 기억으로 남을 수 있게 해 준 게 너니까.

우리, 함께 여행 다니면서 익사이팅한 체험들을 많이 했었잖아. 스카이다이빙부터 시작해서 ATV 체험, 패러플레인 등등. 스쿠버다이빙은 말할 것도 없고. 나는 네가 익사이팅한 체험을 좋아하니까, '나와 성격부터 여행 취향까지 정말 잘 맞는구나!' 생각했거든? 그런데 네가 최근에 나랑 태국 북부 여행을 계획할 때 익사이팅한 체험이 이제 더 이상 재밌지 않다고, 그런 체험을 좋아하지 않는 것 같다고 말했잖아. 그때 나는 우리가 나이를 먹긴 먹었구나, 하는 생각이 들었거든. 나는 여전히 익사이팅한 체험들을 좋아하지만, 예전과 달리 여행 계획을 세우는 게 더 이상 신나지 않아. 좀 귀찮달까? 그냥 대강 알아보고 세세한 계획 없이 발 닿는 대로, 연 닿는 대로 여행지를 구경하는 게 재밌거든. 원래는 나 엄청 계획적으로 여행 계획 세웠던 거 알지? 너도 나도 처음과 달리 성향이 변하고, 스타일이 변하는 게 나이를 먹어 간다는 뜻이 아닐까 싶어. 한 살 한 살 먹어 갈수록 나 우리의 취향과 호불호는 점점 더 명확해지기도 하고, 달라지기도 하니까.

그래도 윤채야, 너는 언제나 내 인생의 '호(好)'일 거야. 네가 어떻게 변하고 바뀌든, 너는 너 자체로 내게 소중한 친구니까. 앞으로도 함께 우당탕탕 얼레벌레, 서로의 보폭을 맞추면서 오래오래 함께 인생을 걸어가자!

여행
: 지은의 이야기

: 목욕탕에서 예감한 미래

나는 목욕탕을 별로 좋아하지 않는다. 원체 피부가 약한 탓에 몸을 불려 때를 밀면 피부가 다 상하는 타입이기에. 어렸을 때부터 늘 통통함을 유지했던 터라, 남들 앞에서 알몸으로 뱃살을 꿀렁이며 돌아다니는 게 그다지 유쾌하지 않은 것도 덤. 어렸을 적 엄마와 이모의 손에 끌려 몇 번 온천과 대중목욕탕을 간 적은 있으나 내 자의로 목욕탕을 간 적은 없다. 아니, 없었다. 윤채를 만나기 전까지는.

윤채는 2011년, 명지대학교 문예창작학과 신입생 환영회에서 처음 만났다. 대구에서 갓 상경해 서울 생활의 꿈으로 부풀어 있던 나는, 이국을 여행하는 여행자처럼 호기심 어린 눈으로 주변을 두리번거렸다. 모든 게 다 새로웠고, 어떤 일이 펼쳐질지 기대감으로 가득했다. 그러다 눈에 들어온 한 친구. 파스텔 계열의

하늘색 떡볶이 코트를 입고 있었는데, 조용조용한 분위기를 풍기고 있었다. 먼저 말을 건네도 멋쩍게 웃거나 조곤조곤 대답하는 등 돌아오는 리액션이 크진 않아서 상당히 낯을 가리는 친구구나 싶었다. 그리고 그 낯을 가리는 친구는 지금 내 둘도 없는 단짝이 되었는데, 그게 바로 윤채다.

사실 첫 만남에서 윤채의 복장은 무난하면서도 평범했는데, 그날의 복장이 아직도 생생하게 떠오르는 것은 의아한 일이다. 특별할 게 없었지만 내가 여전히 선명하게 기억하고 있는 걸 보면 윤채는 내게 특별한 사람이 될 운명이었나 보다. 윤채와 나는 같은 경상도에서 서울로 상경했기에 기숙사 생활을 함께했다. 물론 층과 호실은 달랐지만 새내기 특유의 호기심과 시끌벅적함으로 기숙사에 사는 친구들과 휴게실에서 만나 야식을 먹고, 밤새 수다를 떨며 서로 유대감을 쌓곤 했다. 그러던 어느 날, 윤채가 내게 말했다. "지은아, 우리 주말에 같이 목욕탕 갈래?"

윤채의 제안은 정말 뜬금없었다. 그도 그럴 것이 나는 특유의 친화력으로 11학번 과 대표를 맡게 된 상황이라 같은 학번 친구들과 두루두루 친했고, 그때의 윤채는 내게 그 '두루두루'에 속했다. 목욕탕은 서로의 알몸을 필연적으로 마주할 수밖에 없는 공간이자 친하다고 해도 선뜻 함께 가기 어려울 수 있는 공간이지 않나. 그렇기에 윤채의 제안에 나는 우리가 함께 목욕탕을 갈 만큼의 친분이 쌓였나? 하는 생각이 들었다. '윤채에게 나의 뱃살과 알몸을 까도 내가 민망하지 않고, 부끄럽지 않은 그런 사이인가?' 하는 작은 의구심. 그런 나를 간파한 건지 "등 밀어 줄 사람이 없어서, 서로 등 밀어 주고 때 벗기면 좋잖아."라고 말하는 윤채의 제안에, 윤채가 때를 미는 걸 좋아하는데 서울 와서 한 번도 못 밀어 많이 답답한가? 하는 생각이 들었다. 경상도에서 서울로 상경한 처지는 나도 윤채도 같기에, 경상도의 의리가 있지! 하며 나도 모르게 "그래, 가자!"라는 답이 절로 나왔다. 단 한 번도 자의로 목욕탕을 간 적이 없는 내 입에서!

내게 여행은 그런 것이다. 낯선 공간에서, 내가 경험하지 못한 것을 경험하고 새로운 감각을 얻는 것. 그렇게 나는 오성불가마사우나로 윤채와 함께 여행을 떠났다.

사물함 열쇠를 받고 옷을 벗는데, 민망하면서도 좀 부끄러운 거다. 하지만, 천만다행으로 안경이 나를 살렸다. 나는 시력이 좋지 않은 편인데 난시까지 있어서, 안경을 벗으면 형체가 뿌옇게 일그러져 보인다. 그날만큼은 내 나쁜 시력이 얼마나 감사하던지! 낯선 목욕탕에서 낯가림이라는 것을 처음 느껴 봤지만, 냉큼 안경을 벗으니 제대로 보이는 게 없어 금방 목욕탕에 적응(?)할 수 있었다. 흐린 시야 효과로 망설임 없이 입고 온 옷을 탈의하고, 목욕탕에 들어가 몸을 불렸다. 그러곤 나란히 목욕 의자에 앉아 서로의 등을 밀어 주었다. 내 등을 타인에게 온전히 맡길 수 있는, 맡겨야만 하는 상황. 찰방이는 물소리와 습하고 쿰쿰한 냄새, 형체가 잡히지 않는 사람들의 몸뚱이와 뿌연 시야 속에서 윤채의 등을 구석구석 밀어 주며 괜히 마음이 간지러웠는데, 어쩌면 나는 우리의 미래를 예감한 것인지도 모른다.

불투명하고 불확실한 상황 속에서도 우리는 기꺼이 서로에게 체온을 나눠 주고, 자신의 손이 닿지 못하는 곳을 서로가 알아채고 섬세하게 어루만져 주는 관계가 될 것이라는.

목욕을 마친 뒤 옷을 입고, 안경을 썼을 때 내 시야에 또렷이 담기는 윤채를 보면서 그제야 나는 윤채를 내 마음에 선명히 새겼다. 너와 함께라면, 낯선 곳도 낯선 감정도 씩씩하게 알아 가 볼 수 있을 것 같아. 그렇게 나는 목욕탕에 간 그날부터 지금까지 윤채의 손을 잡고 여행을 해 오고 있다.

지금까지 살아오면서 나는 나 자신을 이방인이라고 생각하는데(이는 나의 유년 시절과도 관련이 있다), 먼 옛날 이방인들은 낯선 지역에 당도했을 때 자신의 그림자를 보면서 시간을 헤아리고 방향을 알아챘다고 한다. 이방인인 나에게도 그림자는 있다. 윤채라는 그림자가.

: 둘은 부부 사주라서, 나중에 결혼하면 되겠어요

나는 미래는 내가 만들어 나간다는 주의긴 하지만, 나의 앞날에 어떤 게 펼쳐질지 늘 궁금해한다. 내가 만들어 나간다고 여겨도, 늘 내 예상을 벗어나는 일들이 펼쳐지기에. 그래서 미래를 궁금해하는 것은 어쩌면 당연한 일이자 인간의 본능인 것 같다. 나는 본능에 충실한 사람이다. 때가 되면 배가 고프고, 밥을 먹으면 졸리고, 배가 아프면 똥을 싸고 싶다. 이러한 본능을 느낄 때 때맞춰 해소하지 못하면 짜증이 잔뜩 난다.

그래서 나는 1년에 한 번씩 나의 미래를 점치러 간다. 물론, 사주를 맹신하는 것은 아니고 나의 올해가 이렇게 흘러가겠구나 하는 참고용 정도? 사주는 역사가 깊고, 깊은 만큼 쌓인 데이터가 어마어마하니 나름 빅 데이터라고 볼 수 있겠다. 사주로 완벽하게 내 미래를 점지할 순 없지만, 대략적으로라도 흐름은 알 수 있으니 특별한 일이 없으면 매해 신년 운세를 보는 편이었다. 왜 과거형이냐고? 지금은 사주 공부를 해서 스스로 사주를 풀이할 줄 안다. 그래서 지금은 내 사주를 내가 풀이한다! 어쨌든 다시 본론으로 돌아와서 그러던 어느 날, 11학번 문창과 동기로 만나 지금까지 깊은 우정을 나누고 있는 꽃방 친구들(윤채, 은혜, 주혜, 예솔, 지윤)과 유명하다는 사주 선생님을 찾아뵈었다. 그 선생님은 친구들의 사주를 한 명씩 풀이해 주고는, 마지막에 친구들과의 관계 운을 풀이해 주었다. 윤채와 나의 차례가 되었는데, 우리 둘의 사주를 보더니 하는 말.

"둘은 부부 사주라서, 나중에 결혼하면 되겠어요."

윤채와 나는 목욕탕을 함께 간 이후로 각별해져서 둘도 없는 단짝 친구가 되었는데… 사주로도 부부 사이라니! 부부 사이라는 이야기를 듣자마자 떠오른 대학 시절 작은 에피소드. 윤채와 나는 전공 강의실에서도, 기숙사에서도 늘 붙어 다녔는데 우리 둘만 붙어 다닌 것은 아니었다. 다른 친구들도 늘 함께였는데, 어느 날 잘 모르는 선배가 조심스레 나에게 와서 물었다.

"지은아, 혹시 너… 윤채랑 사귀니?"

농담인가 싶어서 그 선배의 표정을 살피는데, 진지한 얼굴로 꽤 조심스럽고 신중하게 내게 묻는 것이다. 웃음이 터져서 깔깔 웃는데, 여전히 진지하게 그 선배가 내게 말했다.

"너희 둘이 사귄다고 학과에 소문이 나서… 매일매일 붙어 다녀서 그런가 봐. 아무튼, 사귀는 게 사실이면 소문 들었을 때 놀랄까 봐 내가 미리 언질을 주는 거야."

나는 여전히 깔깔 웃으며 선배에게 신경 써 줘서 고맙다고, 하지만 아쉽게도 나와 윤채는 사귀지 않는다고 답을 해 주었던 적이 있는데, 사주를 듣고 나니 아니 땐 굴뚝에 연기 나지 않는다는 말이 진짜인가 싶고. 우리는 빅 데이터가 점지해 준, 부부와도 같은 친구 사이인 것! 아니, 정확히 말하자면 이미 서로에게 끌려 둘도 없는 친구 사이가 되었는데 빅 데이터가 근거 있는 끌림이라고 확인 도장까지 땅땅 찍어 준 셈.

그래서일까? 2015년 8월, 태어나서 첫 해외여행을 윤채와 갔다. 표현이 좀 멋쩍지만, 신혼여행 아닌 신혼여행이라고도 할 수 있겠다. 사실 내가 신혼여행지(?)로 점찍어 둔 곳은 태국이 아니었다.

목욕탕 이후 윤채와 더 가까워지고 나서, 우연히 터키의 파묵칼레를 알게 됐는데 왜인지 모르게 이곳은 꼭 윤채와 함께 가고 싶다는 생각을 했다. 윤채와 함께 파묵칼레의 경관을 눈에 담으면 더할 나위 없이 행복할 것 같았다. 윤채에게 터키 여행을 언젠가 해 보자고 말하니, 윤채도 흔쾌히 "가자!"고 답했다. 터키는 과자가 맛있고 잘생긴 남자가 많다는 이야길 들어서 꼭 가 보고 싶다고. "그럼, 우리 둘 첫 여행은 터키로 가자!" 약속하곤, 그 뒤로 서로를 터키 메이트라고 불렀었다. 하지만 당시 학생이었던 우리에게 터키 항공권은 너무 비쌌고, 나름대로 절충을 한 게 동남아 '태국'이었다. 비행기 삯도, 물가도 싼 태국. 마침 나는 태국 북부의 '빠이'라는 지역을 꼭 가 보고 싶었는데, 잘됐다 싶었다. 북부 지역은 사주상 윤채에게 필요한 나무가 무성하게 있는 곳이기도 하니까. 하지만 막상 '빠이'로 떠나려니 생각보다 정보가 적었다. 그래서 윤채와 상의 끝에 정보도 많고 이동도 편한 방콕으로 떠났다. 빠이 여행은 다음을 기약하며.

그리고 2023년, 드디어 윤채와 함께 빠이로 여행을 떠났고, 빠이에서 내 생일을 맞았다. 스무 살 때부터 가고 싶었던 빠이에서 스무 살부터 단짝이었던 윤채와 서른두 살을 맞이하다니! 감개무량했다. 12년이란 시간 동안, 윤채와 나는 해외 여기저기를 쏘다녔다. 윤채와 함께한 첫 태국 여행부터 지금까지도 나는 영어가 서투른 편이지만 윤채와 함께라면 두렵지 않다. 어떻게든 되겠지! 하는 근거 없는 자신감이 생긴다. 왜? 윤채는 언제나 내게 든든한 친구니까.

서툰 영어로, 몸짓으로 우당탕탕 첫 태국 여행을 하는 내내 나는 몹시도 즐거웠다. 나는 학창 시절 내내 개그맨이 꿈이었는데, 사람들을 즐겁게 해 주는 게 좋았다. 나를 보며 재밌어하는 게 기뻤다. 윤채는 여행하는 내내 나를 보며 웃었다. 작은 순간 하나하나에도 내게 특유의 맑은 웃음을 보냈는데, 그 웃음 덕분에 함께 여행하는 모든 순간이 반짝였다.

사실, 여행하는 내내 좋았던 것만은 아니었다. 나는 더위를 심하게 타는 체질인데, 한여름의 태국은 너무 더웠다. 게다가 나는 갑각류 알레르기가 있는데, 태국의 음식에는 왜 그리 새우가 많이 들어가는지. 윤채와 나는 이런 지점에서는 정반대의 성향을 가졌다. 윤채는 더위를 타지 않고 추위에 약한데, 나는 더위에 약하고 추위에 강하다. 윤채는 해산물이 없어서 못 먹는 사람이고, 나는 알레르기 때문에 해산물을 거의 못 먹는다. 나는 낯가림이 없는 극 외향형의 사람이라 모르는 사람과 5분 만에 친구가 될 수 있는데, 윤채는 내향형이라 친해지기까지 시간이 필요하다. 그렇기에 윤채 입장에서는 내가 까탈스러운 여행 메이트일 수 있는데, 윤채는 괘념치 않다는 듯 너른 마음으로 나를 이해하고 맞춰 줬다. 서툰 영어 실력에 자신감만 넘치는, 낯가림이 없는 내가 외국인에게 무작정 하이! 익스큐즈 미! 외치며 말을 걸 때도, 낯가림이 있는 윤채는 불편할 수 있었을 텐데 옆에서 내가 못 알아들은 영어들을 해석해 주고 함께 대화를 나눠 주는 이 아이의 근사함. 새우가 들어간 음식을 피해 다른 음식을 시켜 같이 나눠 먹고, 간혹 새우가 들어간 음식을 먹어야 할 때면 선뜻 내 새우를 먹어 주는 윤채의 따뜻함. 더위를 많이 타는 나를 위해 에어컨 온도를 낮게 설정해 주고, 본인이 옷을 한 겹 더 껴입는 다정함. 낯선 땅에서 새로운 감각을 내가 아낌없이 흡수할 수 있었던 건 그 누구보다 나를 이해해 주는, 언제나 미소를 띤 채 나와 함께해 주는 든든하고 편안한 윤채 덕분이었다. 이로써 첫 해외여행은 온통 좋은 기억과 경험으로 내게 남았고, 윤채가 만들어 준 그 꿈의 시간이 나를 여행 미치광이로 만들었다.

첫 여행 이후로 나는 낯선 나라를 사랑하게 되었다. 돈만 생기면 비행기 표를 끊어 여기저기 쏘다녔다. 태국, 대만, 홍콩, 일본, 사이판, 베트남, 괌, 블라디보스토크, 세부, 이탈리아, 몽골, 발리. 혼자서도 가 보고, 다른 친구들과도 해외를 다녔는데 다 소중하고 좋은 기억으로 남아 있다. 그렇지만 부부는 떼어 놓을 수 없다고(?), 나는 윤채랑 여행 다니는 게 제일 좋다. 태국 이후에 윤채와는 사이판, 이탈리아, 베트남을 함께 다녀왔다.

사이판에서 쏟아지는 별빛 아래 윤채와 도란도란 이야기를 나누고, 사이판의 하늘을 가르며 스카이다이빙을 한 것. 이탈리아에서 옷을 맞춰 입고 우정 스냅사진을 찍은 것. 베트남 다낭에서 배를 타고 강물에 소원 촛불을 띄운 것 등등. 윤채와 함께한 모든 순간이 아름답고 생생하게 내게 새겨져 있다. 여행을 다녀오면 나는 버릇처럼 다음 여행지를 고르고 있는데, 다음 여행지의 상상도에는 항상 윤채가 있다. (김희애 톤으로) 전윤채와 함께하는 여행, 놓치지 않을 거예요.

수미상관을 위해(?) 다시 사주로 돌아오자면, 윤채는 정화일주丁火日主고 나는 갑목일주甲木日主다. 윤채의 사주에는 나무가 없어서, 사주 선생님이 나무가 없는 사주는 나무를 가까이해야 한다고 윤채에게 조언했다. 그래서 윤채는 집에도 회사에도 작은 식물을 두었는데, 등잔 밑이 어둡다고 윤채는 가장 가까운 데 있는 나무를 모른다. 그 어떤 나무보다 크고 울창하고 쭉 뻗은 나무가 있다. 바로 안지은이라는 나무! 윤채가 내게 그러는 것처럼, 나 또한 윤채에게만큼은 한없이 너른 포용력으로 윤채를 품어 줄 수 있는 나무 같은 친구이고 싶다. 윤채가 힘들 때 언제든 기대 쉴 수 있는, 계절이 변하고 날씨가 짓궂어도 변함없이 윤채 곁에 꿋꿋하게 서 있는 뿌리 깊고 단단한 기둥을 가진 늘 푸른 나무.

[윤채 댓글]

우리는 '두루두루 친구'에서 만나 '부부로 살아도 되는 친구'가 되었구나. 안지은의 20대를 함께해서 기쁘다. 우리의 이 끈끈한 사이를 설명할 수 있는 방법으론 사주가 가장 직관적이긴 하지. 하지만 나는 그냥 우리가 서로에게 노력해서 그런 것 같아. 주장도 고집도 센 두 사람이 서로의 말은 어떻게든 들어 주려 하고 수용해 주려 하잖니. 네가 나를 위해 목욕탕에 가 준 것처럼!

사실 나도 너와 친해지고 싶어서 목욕탕 가자고 한 거였어. 그거 아니? 난 목욕탕을 싫어해. 모두와 친하게 지내는 너에게 어떻게 하면 다가갈 수 있을까 고민하다가 던져 본 말이었어. 지금까지도 회자되는 걸 보니, 아주 효과적이었나 봐. 내향형 인간이 온 용기를 끌어다 모았던 순간이었는데, 장하다 내 자신!

음악을 튼다 플레이리스트에 서로의 음악이 섞인
다 우리의 취향이 내 것이 될 때 휴지통은 쓸쓸함
으로 가득 차고

나는 혼잣말을 많이 하는 사람 나를 표현할 수 있
는 서술어는 항상 부족하지 그래서 나는 우리의 세
상에서 많은 단어들을 훔치고

— 안지은 시 「라온빌」 中
(『앙팡 테리블』, 2023)

2. 취미

나를 구원하는 건 나야! 얼굴 피자, 인생 피자!!

취미

: 지은의 이야기

: 취미의 수평선

나는 ENFP. 호기심도 많고 좋아하는 것도 많고 즐기는 것도 많은 자. 하나에 꽂히면 미친 듯이 파고드는 성향이 있지만, 끝까지 이어 가지를 못한다. 일회용 칫솔처럼 지구력이 없지. 놀러 가서 숙소에 머물 때 제공되는 일회용 물품들을 보면 그냥 지나치지 못하고 챙겨 온다. 뻣뻣한 일회용 칫솔모를 매만지면 아주 조금 서툰 사람이 된 것 같다. 몇 번 사용한 뒤 쓰레기통에 처박히는 일회용 칫솔을 보면서 한때 내게 머물다 간, 지금은 쳐다보지도 않는 취미들을 더듬어 보게 된다.

아기자기하고 귀여운 걸 좋아해서 가챠와 소니엔젤과 같은 작은 피규어를 모았었다. 점점 피규어가 늘어나자 보관하는 데 애를 먹게 됐고, 피규어 위에 먼지만 한가득 쌓여서 결국 처분.

인형 뽑기가 유행일 때에는 미친 듯이 인형 뽑기를 하러 다녔다. 동네 인형 뽑기 가게에서 만난 인형 뽑기 고수와 연애도 했다. 물론, 지금은 전 애인이고 이별과 동시에 관계도 인형도 전부 처분했다.

어렸을 때부터 향에 관심이 많아서 캔들과 향수 수집도 했지. 지금도 여전히 향수에는 어느 정도 관심이 있지만, 예전보다는 덜하다. 예전에는 거의 모든 니치 향수niche perfume 브랜드를 꿰뚫고 있었고, 브랜드마다 최소 한 개 이상 향수를 소장하고 있었으며, 단종된 제품부터 신상까지 두루두루 섭렵했었으니까. 아마 향수에 쏟아부은 돈만 해도 천만 원어치 정도는 될 거다. 그 돈을 저금했더라면 전셋집을 구할 때 보증금 자부담 금액을 높일 수 있었을 텐데.

주식이 유행할 때에는 주식 투자가 취미였으나, 하루 종일 주식 장만 쳐다보고 있는 게 피로도가 높아서 접었다. 정확히는 매수한 가격에서 주가가 조금이라도 하락하면 내 심장도 나락으로 떨어지고, 조금이라도 오르면 지금 팔아야 하는 타이밍인지 고민이 돼 주식은 내 체질이 아닌 듯하여 그만뒀다.

유튜브 브이로그가 홍할 땐 '지은생활'이라는 유튜브를 개설해 브이로그를 촬영하고 편집해 올리는 게 낙이었다. 자기 전 ASMR 영상을 즐겨 보는데, 직접 ASMR 영상을 찍고 싶어 고가의 마이크를 샀다가 당근마켓에 되판 적도 있지. 여전히 유튜브는 계속하고 싶은데, 영상 편집하는 게 품이 너무 많이 들어 사실상 유튜브 계정은 방치되는 중. 나는 해야 할 일이 쌓여 있는 사람이라 편집을 붙잡고 있을 시간이 없다.

여행은 내가 가장 사랑하는 취미인데, 코로나19로 거리 두기가 시행됐을 땐 하늘길이 막혀 여행을 가지 못하는 상황이었다. 그래서 집에서 사부작사부작 혼자 할 수 있는 것들을 취미로 삼았다. 오일파스텔로 그림 그리기, 보석십자수, 게임. 오일파스텔과 보석십자수는 내 방 어딘가에서 썩어 가고 있을 것이고….

게임은 닌텐도와 PC게임을 주로 했는데, 닌텐도로는 주로 '모여 봐요 동물의 숲'(줄여서 모동숲)과 '링피트'를 플레이했다. 모동숲은 아기자기하고 귀여운 게 딱 내 스타일이었다. 내 취향대로 마을과 방을 디자인할 수 있는 것도 재밌었다. 링피트는 운동 게임인데, 코로나19로 움직임이 현저히 줄어드니 운동도 할 겸 게임도 할 겸 샀다가 보스를 계속 못 깨서 때려쳤다(보스를 깨려면 미친 듯이 운동을 해야 하는데, 높은 레벨에 도달하니 내 체력으론 도저히 무리였다….) PC게임으로는 리그오브레전드(줄여서 '롤')와 로스트아크를 했는데, 로스트아크는 현생을 다 미룰 정도로 중독성이 강했다. 지금은 리그오브레전드 칼바람 나락만 아주 가끔 플레이한다. 롤 랭크 게임은 무섭다. 조금만 실수하고 절어도, 엄마 아빠가 없냐며 온갖 욕이 날아들어서.

거리 두기가 좀 완화됐을 땐 캠핑에 꽂혀서 캠핑을 쏘다녔다. 캠핑을 갈수록 장비 욕심이 생기는데, 캠핑 장비는 왜 그렇게 비싼 건지. 그때 당시까지만 해도 나는 차가 없었기에, 가고 싶다고 훌쩍 떠날 수 있는 처지가 아니었다. 그래서 캠핑도 취미에서 탈락. 아날로그 감성이 좋아서 필름 카메라로 사진을 찍는 취미도 있었지만, 막상 들고 나가 사진을 찍은 적은 다섯 손가락 안에 꼽는다.

손으로 무언갈 꾸미는 것, 끄적이는 걸 좋아해서 시작한 다

이어리 쓰기는 역시나 해가 바뀌고 몇 달 반짝했다가 밀려 숙제가 되기 일쑤고, 결국은 손을 놔 버리니 탈락(1~3월만 빽빽한 다이어리를 보면서, 역시 나는 지구력이 영 꽝이라는 걸 매해 깨닫는다).

슬라임이 유행할 땐 미친 듯이 슬라임을 사서 조물딱거렸다. 촉감이 재밌어서 갖고 놀 땐 좋은데, 처리가 어렵고 버릴 때 잘못 버리면 환경 오염을 일으킨다는 이야기를 들어서 슬라임 수집도 그만뒀다.

음악은 운전할 때만 듣고, 영화도 친구들과 약속이 있을 때, 혹은 아주 간혹 구미가 당기는 작품이 있을 때만 찾아서 본다. 그럼, 내가 지금까지도 꾸준히 해 오고 있는 건 무엇이지?

내가 꾸준히 해 오고 있는 것을 생각해 본다. 먼저, 시 쓰기. 하지만 시 쓰기는 취미의 범주에 들어가지 않는다. 나는 시를 불가항력적으로 쓰는 측면이 있고, 시 쓰기를 확장해 글쓰기로 생각했을 땐 취미보다는 일, '업'에 가깝게 느껴진다. 독서 또한 마찬가지. 각종 신작 시집과 구미가 당기는 책을 늘 여러 권 사지만, 현생이 바빠 책을 읽는 게 사는 속도를 따라가지는 못한다. 신기가 있는 편이지만 무당이 될 팔자는 아니라고, 사주나 타로를 공부해서 주변 사람들을 봐 주면 기운 푸는 데 좋다기에 시작한 사주와 타로도 취미는 아니다. 누군가의 사주를 풀이하고, 타로로 운을 점쳐 주는 것은 재미있긴 하지만 내가 내켜서 하는 경우는 드물다. 후각에 민감한 나라서 향기로움을 여전히 사랑하지만, 향수가 100개를 훌쩍 넘어가자 내가 죽을 때까지 써도 이 향수들을 다 못 쓸 것 같아 꼭 쓸 향수들만 남기고 거의 다 처분했다. 그렇다면 대체 나의 취미는 무엇이라고 말할 수 있을까.

취미의 사전적 정의를 찾아본다. ①전문적으로 하는 것이 아니라 즐기기 위하여 하는 일. ②아름다운 대상을 감상하고 이해하는 힘. ③감흥을 느끼어 마음이 당기는 멋.

나는 비록 일회용 칫솔이지만 닦아야 할 입은 많아서—그러니까 내 마음에 방이 여러 개라서, 즐기고 싶은 것도 감흥을 느껴 마음이 당기는 것도 무수히 많다. 지금 떠오르는 것만 해도 길 드로잉, 캘리그래피, 터프팅, 꽃꽂이, 볼링, 탁구, 스쿠버다이빙, 목공, 키보드 수집, 캐릭터 디자인, 실링왁스, 모루 인형 만들기……. 정말 종이 한 장을 가득 채울 수 있을 정도로 마음이 당기는 게 많고, 다 한 번씩은 해 보고 싶다.

무언가 진득하게 마음 붙이고 해 온 것을 취미라 소개해야 한다면, 나는 취미가 없는 게 맞다. 나에게, 남들에게 떳떳하게 이것이 나의 취미요~라고 말할 수 있는 게 없는 내 자신이 조금은 머쓱하고 서툴게 느껴지지만, 내가 이렇게 생겨 먹은 걸 어떻게 해. 내로라하는 대표적 취미가 없는 내게, 윤채는 이것저것 다양한 걸 탐색하는 내가 나답다며 '취미 부자'라는 별명을 지어 줬다. 윤채의 말을 듣자마자, 어? 그런가 싶었다. 윤채는 타인 중에서 가장 나를 잘 알고, 나에 대한 이해도가 높은 사람이니까. 그러자 갑자기 내가 일회용 칫솔인 게 영 나쁘지 않다는 생각이 들었다.

윤채 말대로, 취미를 대하는 것마저 그저 나답다고 생각한다.

나는 음식에 있어서도 찍어 먹는 걸 좋아한다. 양념치킨을 좋아하지만, 튀김옷과 양념이 버무려진 것보다는 바삭한 프라이드를 양념소스에 찍어 먹는 걸 좋아한다. 탕수육도 소스를 부어 먹는 것보다 찍어 먹는 것을 좋아한다. '음식도 '찍먹'을 좋아하는 난데, 취미도 좀 '찍먹' 하면 뭐 어때?' 이러한 생각이 들자마자 그래, 내가 취미를 대하는 방식은 '찍먹'이란 확신이 들었다. 다양한 것들 찍먹 해 보면서 내 취향을 다채롭게 알아 가고, 내 마음의 방들을 여러 가지 것들로 가득가득 채우는 것. 그것이 나의 즐거움!

취미가 바다라면 누군가에게는 그것이 깊고 깊은 바닷속일 수 있지만, 누군가에게는 끝없이 펼쳐진 수평선일 수도 있는 거다. 내게 취미는 너른 바다의 수평선인 거고. 나는 내 마음이 동하는 것들을 하나씩 할 때마다 나의 새로운 모습들을 알게 된다. 내가 생각보다 귀여운 것에 약한 사람이고, 플로럴한 향과 시트러스 향은 좋아하지만 파우더리powdery하고 우디한woody 향은 좋아하지 않고, 소리에 예민하고, 자유도가 높은 게임을 좋아하고, 도시보다 바다와 산 같은 자연의 풍경을 훨씬 더 좋아한다는 것을.

나는 이렇게 생겨 먹은 김에, 앞으로 더욱 적극적으로 프로 찍먹러가 되어야겠다고 마음먹었다. 왜냐! 이 세상엔 재밌는 게 너무나 많고, 내가 뭘 좋아하고 싫어하는지 더 알고 싶으니까. 앞으로도 씩씩하게 내 취미의 수평선을 무한하게 넓히고 확장해 나가야지!

: 인생 첫 덕질, 페이커(FAKER)

친구들에게 취미가 뭐냐고 물었을 때, 돌아오는 답의 대부분이 '덕질'이었다. 누구는 자신의 반려동물을, 누구는 드라마와 영화를, 누구는 아이돌과 배우를, 누구는 유튜버를…….
덕질하는 대상을 설명하는 친구들의 표정에는 애정이 잔뜩 묻어났다. 사랑이 눈에 보이는 순간들. 어떤 대상을 향해 깊은 애정을 갖는 것은 어떤 기분일까, 문득 궁금했다.

물건 덕질을 해 본 적이 있긴 하지만 진득하게 어떤 인물을 파고든 적이 있었나? 생각해 보면, 없었다. 물론 좋아하던 가수는 있었다. god, 빅뱅, 투애니원…. 하지만 '덕질'이라고 하기에는 아주 가끔 앨범을 구매하고, 한두 번 정도 콘서트를 간 게 다였다. 진짜 '찐 덕질'을 하는 입장에선 나는 그저 가벼운, '라이트'한 팬일 것이다. 정말 찐 덕후들은 덕질 대상이 출연한 모든 콘텐츠를 챙겨 보고, 어떤 스케줄이 있는지 줄줄 외고 다니니까.

지금의 나는 예전에 좋아한 가수들이 무슨 활동을 하는지, 어떤 앨범을 내는지 1도 관심이 없다. 좋아하는 영화나 드라마가 있긴 하지만, 봤던 것을 보고 또 보는 식의 덕질을 한 것도 아녔다. 내가 그간 시청한 드라마는 그다지 많지 않은데, 나는 드라마든 영화든 뭔갈 보면 스토리나 인물에 너무 심하게 감정이입을 해서 늘 후유증이 상당한 편이다. 이런 나를 내가 너무 잘 알아서 애초에 드라마를 잘 보지 않는다. 에너지와 감정 소모가 심하니까.

나는 뭐든 적당하게 좋아한다. 지구력의 문제도 있겠지만 나는 내가 너무 깊게 빠져들어 나를 놓게 되는 상황이, 마음의 체력이 닳고 닳는 걸 꺼리는 것 같다. 그러니까, 상처받는 게 싫은 거다. 긴장을 놓고 내 모든 걸 내던졌을 때, 그간의 경험으로 비추어 보면 언제나 돌아오는 것은 상처뿐이라서 나는 마음을 적당히 열어 두고 적정선까지 도달하면 '이 정도 맛봤으면 됐어.' 하고 발을 뺀다. 그 누구보다 마음의 문이 활짝 열린 사람처럼 보이지만, 사실은 마당의 문만 열어 둔 상태인 거지. 방문은 절대 열어 주지 않는. 무섭고 두려워서 긴장하고 있는 거다. 내가 진심을 다해, 온 마음을 쏟으며 뭔가에 깊이 빠지는 상태를.

저마다 무언가를 덕질하고 있는 친구들에게 어떻게 그렇게 그 대상을 콕 찍어 감정과 에너지를 쏟으며 깊이 빠질 수 있냐 물으니, 친구들 얼굴에 물음표가 한가득. 자기들이 콕 찍은 게 아니라, 눈떠 보니 덕질을 하고 있었단다. 자기도 모르게 스며들었다고. 뒤통수를 한 대 쿵 맞은 기분이 들었다. 인정하기 싫었지만, 곰곰이 생각해 보면 나에게도 나도 모르는 새 스며든 게 있었다. 바로 e스포츠 구단 중 하나인, T1. 그중에서도 페이커 선수.

앞에서도 말했듯, 나는 리그오브레전드(롤, league of legends)라는 PC게임을 종종 한다. 롤은 과거에서부터 지금까지 전 세계적으로 플레이하는 유저가 가장 많은 인기 게임인데, 이 게임을 하게 된 건 인형 뽑기를 하다 만난 전 애인 때문이었다. 전 애인은 소위 롤 고수였고, 롤 e스포츠 경기를 챙겨 보던 사람이었다.

특히 T1 경기를. 지금까지 롤이 인기가 많을 수 있었던 건 T1의 살아 있는 전설, 리빙 레전드 '페이커' 선수 때문이라며 그가 얼마나 많은 업적을 세웠고 왜 대단한지 경기를 볼 때마다 전 애인은 귀에 딱지가 앉도록 이야기를 해댔다. 롤 프로게이머 중 가장 분석을 많이 당한 선수인데 여전히 기량이 뛰어나며, 롤 판에서 페이커의 업적과 영향력을 뛰어넘을 선수는 앞으로도 없을 거라는 이야기들.

처음엔 뭣도 모르고 옆에 앉아서 같이 롤 프로 경기를 보기 시작한 내가, 애인과 헤어지고 나서도 종종 T1 경기를 챙겨 보기 시작한 건 이상한 일이었다. 하지만 나는 롤 랭크 게임을 플레이하지 않으니 '경기에 관한 디테일을 다른 사람들보다 모르는 채로 보고 있는 걸 거야, 그냥 심심하니까 경기를 챙겨 보는 걸 거야' 하며 스스로 자기 합리화를 했었다. 나는 라이트한 팬이지, 하면서. 하지만 그렇다기엔 내가 몰랐던 그간의 T1 역사를 알아보고, 페이커의 슈퍼플레이 모음집을 찾아보고, 경기를 직접 관람하기 위해 티켓을 예매하고, 다음 T1 선수들의 로스터가 어떻게 꾸려질까 고민하고, T1 선수들 SNS 계정을 모두 팔로잉하고, T1이 경기에서 지면 아쉽고 슬픈 마음이 드는 건 왜….

나는 이미 스며들고 있었다. T1에게, 페이커 선수에게. 단지 내가 의식적으로 아니라고 부정했을 뿐이었다. 이를 깨닫고 나니, 마음의 빗장이 순식간에 사라졌다. 맞아, 난 T1과 페이커 팬이야. 덕후고, 덕질을 하고 있어! 받아들이니 억제했던 덕심心이 폭발했다.

일부러 시간을 내 T1 경기 직관을 가고, T1 경기를 넘어서 선수들이 솔로랭크 연습하는 방송을 실시간으로 시청하고, T1 팬들 대상인 멤버십을 구독하고, T1 굿즈도 사기 시작했다. 롤 e스포츠 판에도 축구의 월드컵 같은, 전 세계적인 e스포츠 대회가 있다. 롤 월드 챔피언십(줄여서 롤드컵). 우리나라는 불과 몇 년 전까지만 해도 대적할 나라가 없는 롤 강국이었는데, 중국이 치고 올라와서 지금은 유일한 롤 강국이라 말할 수가 없는 상황이다. e스포츠 판은 에이징 커브가 심하다. 게임이라는 특성상 나이가 어릴수록 게임과 관련된 피지컬이 좋을 수밖에 없기 때문이다. 그래서 대체로 20대 중반, 후반이면 거의 다 프로 게이머를 은퇴한다. 하지만 페이커는 진작 은퇴했을 나이임에도 불구하고 에이징 커브를 360도 회전시켜, 데뷔 때부터 지금까지 훌륭한 기량을 뽐내고 있다. 다른 젊은 선수들에 뒤지지 않는 실력과 우승을 향한 열정, 노력이 대단한 선수다. 롤 판에서 전 세계적으로 이례적인 기록을 가진 유일무이한 페이커. 메이저 국제 대회 최다 우승, 롤드컵 최초 2회 연속 우승 및 최다 우승, 롤드컵 로얄로더 등등. 뒤늦게 덕후가 된(덕후임을 인정한) 나는 2022년 롤드컵에서 T1이, 페이커가 우승컵을 다시 한번 더 들길 바랐다.

2022 스프링, 섬머 시즌 T1의 경기력이 무척이나 좋았고, 그래서 롤드컵 우승이 적기라고 생각했다. 하지만 결국 준우승에 그쳤다. 결승전을 보는 내내 숨도 가빠지고, 몸이 덜덜 떨렸는데 결국 졌다. 나도 모르게 눈물이 찔끔 났다. 너무 속상했고, 마음이 아팠다. 내 인생 첫 덕질이, 이렇게 아플 줄 몰랐다. 아니, 사실 알았다. 알고 있었으니 기를 쓰고 덕질을 하지 않으려 내가 애쓴

거겠지. 알면서도 내 진심을 다 준 거다.

하지만 2023년, 결국 T1은 해냈다. 페이커는 해냈다. 월즈 우승컵을 든 것이다! 페이커가 네 번째 우승컵을 드는 것을 보면서, 나도 모르게 눈물이 났다. 기쁘고 벅차서. 시즌 중간에 손목 부상을 당해 잠깐 페이커가 빠진 적이 있는데, 그때 T1은 1승 7패를 했다. 한국 리그에서 손에 꼽히는 강팀인 T1에게 1승 7패는 충격적인 결과였다. 그 시기는 정말 악몽 같았고, 팬으로서 견디기 힘들었다. 하지만 괜찮다. 2023년 리그오브레전드 월즈 우승컵을 T1이, 페이커가 들었으니까! 전 세계에서 가장 강한 팀은, T1이 됐으니까!

그간의 마음고생이 우승컵 하나로 사르르 녹았다. T1의 지금 로스터(제우스, 오너, 페이커, 구마유시, 케리아)로 월즈 우승컵 드는 것을 몇 년이나 바라고 바라 왔는데, 결국 T1은 2023년에 해냈다. T1 팬 안지은, 드디어 성불합니다. (그리고 2024년, T1은 같은 로스터로 2연속 월즈 우승컵을 거머쥐게 된다!)

타인을 진심으로 좋아한다는 건 나를 상처투성이로 만드는 일이다. 하지만, 상처를 받아도 다시 또 웃고 행복해지는 것의 연속이다. 상처와 행복이 공존하면서도 연속되는 이 굴레 속에서, 나는 오늘도 T1 덕질을 한다. 페이커 덕후를 자청한다. 그 이유는… 뭐랄까, 지치고 힘든 일상을 달래 주는 나만의 도파민이랄까. 가끔 아무것도 하고 싶지 않고, 다 놓고 싶을 때가 있는데 페이커를 생각하면 그래, 페이커도 그동안 많은 것을 이겨내 왔고 극복했는데 페이커 팬인 내가 이렇게 주저앉으면 안 되지, 라는 결의가 생긴다. 그리고 다시 으쌰, 하고 일어나게 된다.

페이커를 보며 프로 게이머로서의 수명이 다한 나이라고, 월즈 우승컵 세 개를 든 것은 대단하지만 네 개까지는 힘들 거라고 고개를 젓는 몇몇 사람들이 있었다. 하지만 페이커는 해냈다. 보란 듯이 7년 만에 우승컵을 들었고, 2024년엔 월즈 우승컵을 거머쥐는 것도 모자라 월즈 파이널 MVP에 선정됐다. 앞으로 그 누구도 깨기 힘든, 깰 수 없는 기록을 세운 것이다. 팬들은 T1의, 페이커의 우승을 위해서 '선행' 밈을 만들었다. 내가 오늘 하루 작은 선행을 한다면, 그 선행의 결과가 T1의 우승으로 돌아갈 것이라는 믿음으로.

나 또한 T1 팬이기에 선행 밈에 동참했다. 오늘 내가 한 선행이 T1의 우승으로 돌아오길 바라면서. T1의 우승을 바라며 시작한 행동이었지만, 꾸준히 하다 보니 내 마음이 건강해지고 내가 한 선행으로 나의 하루가 보람으로 물드는 것이 좋았다. 나를 더 나은 사람으로 만들어 주는, 덕질. 페이커를 생각하는 것만으로도 나는 조금씩 앞으로 나아가게 된다. 어떤 대상에게 애정을 쏟고, 쏟은 애정을 말미암아 다시 나에게 애정을 갖는 일. 그것만으로도 덕질은 충분히 가치가 있다.

[윤채 댓글]

어떤 사람은 시간만 죽이는, 그러니까 킬링 타임일 뿐인 행위는 취미가 아니라고 해. 유튜브 보기, 넷플릭스나 웹툰 보기, 그런 것들 있잖아. 그건 시간을 보내는 것이지 내 육체나 정신의 성장을 도모하는 일이 아니기 때문에 취미가 아니라고 해. 잠자기 전 침대에 누워 보내던 시간이 정말 행복했는데 그 말을 듣고 난 후로는 이상하게 죄책감이 느껴지더라. 취미가 뭔지 자신 있게 말하기 어려워졌어. 가볍게 좋아하는 것도 취미라고 하는 순간 책임감이 생기는 것 같고. 이걸 취미라고 해도 되는지 검열하게 되고. 나는 야구를 좋아하잖아. 야구 덕후였다고 자신 있게 말할 수 있지. 한때 미친 듯이 야구만 보러 다녔는데 돌이켜 보니 지출도 많았고 당시에 해야 했던 일들도 놓친 게 많아서 살짝 후회했거든.

그래서 덕질을 과연 취미라고 할 수 있는지 망설였는데 네 글을 보니 생각을 조금 바꿔도 될 것 같아. 네게 긍정적인 영향과 좋은 자극을 준다니까, 그런 건강한 덕질은 취미가 맞는 것 같아. 너무 무기력해서 죽음을 룸메이트처럼 생각하던 시절, 내게는 도망치고 숨을 수 있는 야구장이 있었거든. 남을 깎아내리거나 피해 주면서 보내는 시간이 아니라면, 소소하지만 내가 건강해지는 방법을 찾았다면 그게 취미지. 너무 어렵게 생각하지 말자. 일회용 칫솔이면 어때! 이 닦는 게 얼마나 중요한데!

취미

: 윤채의 이야기

: 의문의 댄싱 머신

지은과 나는 취미에 대해 이야기하곤 한다. 지은이가 자주 이야기했던 것 중 하나는, 자신은 취미가 딱히 없다는 거였다. 있어도 오래가지 못한다며 어려워했다. 나 역시 이것저것 가졌던 흥미 중에서 취미까지 이어지는 것들은 거의 없었다. 아침에 일어나면 학교 가고, 하교하면 학원 가고, 집에 가서 잠드는 생활만 평생 해 왔는데 뭐가 있겠나. 그나마 대학 입학 후 동아리 생활을 하면서 약 5년간 꾸준히 췄던 '춤'이 취미라면 취미였다.

내향형 인간이 춤을 춘다? 나를 잘 모르는 사람이라면 의외라 할지도 모르겠다. 그러나 나를 잘 아는 사람이라면 내가 댄.싱.머.신.이라는 데에 한 치의 의심도 품지 않을 거다. 왜냐면 나는 초등학교 2학년부터 K-POP을 향유해 온 K-POP 고인물이니까.

나는 초등학교 때부터 보아와 동방신기의 '빠순이'였다. 오랜만에 이 단어를 쓰니 한물 지나간 유행어를 쓰는 사람이 된 것 같아서 민망하다. 지금은 오타쿠라는 말에서 나온 '덕'이란 단어를 많이 활용하는데, '라떼'는 누군가의 팬을 동방신기빠(동방신기의 빠순이), 슈주빠(슈퍼주니어의 빠순이), 뭐 그런 식으로 불렀다. 모르는 사람을 위해 설명을 덧붙이자면 빠순이란 오"빠"를 외치며 아이돌 그룹을 따라다니는 여성 팬을 부르는 말이었다. 그러다가 의미가 남성 팬들에게까지 확장되어 '빠돌이'라는 말이 나왔지만 따지고 보면 남성 팬들 대부분은 오빠라고 부르지 않으니 빠돌이란 호칭은 사실 틀렸다. 내가 보아 언니의 빠순이라 말하는 것도 마찬가지다. 그래도 광적으로 좋아한다는 의미를 내포하고 있어 이 용어는 대상과 성별을 가리지 않고 통용되었다.

중학교 1학년 땐 동방신기의 전성기였다. 동방신기를 모르면 친구들과 대화할 수 없을 정도였다. 누가 누구의 '부인'인지 정해 친한 친구들끼리는 같은 멤버를 좋아하지 않으려고 노력했다. 전자사전에 팬픽을 저장해 공부하는 척하면서 밤새 읽었고, 꼭 책 한 권을 다 읽은 것마냥 뿌듯해했다. 우리를 주인공으로 설정해 아이돌 멤버와의 로맨스를 주제로 소설도 썼다. 그러다가 글 쓰는 일을 직업으로 삼아야겠다는 다짐을 했더랬다. 물론 결말까지 완성한 적은 없었지만 친구들이 내 글을 돌아가면서 읽을 때의 그 성취감은 오래도록 기억할 것 같다.

나의 이러한 빠순이질은 내 청소년기를 풍성하게 만들어 주었다. 보아의 일본 활동 영상을 자막 없이 보고 또 보다가 나도 모르게 일본어를 익혔던 경험도 있다. 그때 익힌 포토샵 스킬도 아직 기억나고, 지금도 유용하게 쓴다. 정말이지 아이돌은 내 삶에 긍정적인 영향을 준 사람들이었고 팬질은 내 일상의 전부였다. 그리고 나와 나의 동시대 친구들이 아련하게 공유하는 추억이다. 빠순이라며 놀림당해도 그때의 우리는 문화로 하나가 되는 학생들이었다.

무대 영상을 하도 많이 보다 보니 안무를 외우게 되어 춤까지 췄다. 수련회와 체육 대회 그리고 축제까지 모두 나가서 사람들 앞에 섰고 학교에서도 나름 유명했다. 고등학교 때 댄스 동아리에 들어가고 싶었으나 부모님의 반대로 가입하진 못했다. 대신 하루 종일 K-POP을 들으며 유행하는 댄스 음악들을 즐겼다.

그때 나는 좀 유별난 아이였다. 틈만 나면 음악 방송을 보았고, 모든 아이돌들의 리얼리티 프로그램을 시청했다. 무대 조명에 반사되어 반짝반짝 빛나는 액세서리가 좋았고 콘셉트에 따라 바뀌는 의상을 구경하는 게 재밌었다. 무대 아래에선 수수한 차림으로 자기들끼리 웃고 떠드는데 그게 이상하게 프로페셔널해 보여서 매력 있었다. 나와 비슷한 나이의 친구들이 진지하게 자기 일을 하는 모습이 멋있어 보이기도 했다. 그래서 고등학교 친구들은 아직도 나에 대한 추억을 이야기할 때면 PMP를 언급한다. PMP는 영상 저장과 재생, 사전 기능만 있는 스마트폰이라 생각하면 된다. 아침에 등교하자마자, 조회가 끝나자마자, 쉬는 시간마다, 점심시간 내내, 야자 시간 틈틈이 PMP를 뚫어지게 쳐다보며 2세대 아이돌들의 황금기를 모두 함께했다. 친구들은 그런 나를 빠순이나 오타쿠라고 놀렸다.

놀림을 받을 때면 상처를 받긴 했지만 돌이켜 보니 이해가 간다. 아이돌 춘추전국시대라 불리던 그 시절, 2세대 아이돌 판에서 살아남으려면 관심을 끌기 위한 수단이 중요했다. 지금은 세계관이나 관계성, 바이럴 등 복잡하고 다양한 홍보 방법이 있지만 그때엔 대중에게 노출될 수 있는 경로가 적었다. 그래서 TV 채널을 돌리다가 멈추게 만들 수 있는, 아주 튀고 이상한 콘셉트가 필요했다. 예쁘고 잘생긴 외모는 당연히 겸해야 할 조건. 그런데 그 예쁘고 잘생긴 친구들이 대중의 눈에 한 번이라도 들기 위해 무엇이든 했다. 부족 스타일 옷을 입고, 복고 콘셉트라며 눈알만 한 목걸이를 주렁주렁 달고 나왔고, 옷 스타일과 노래 가사는 갈수록 난해해졌다. 그런 가수들의 무대 영상을 하루에 열 번씩 보았으니, 이 문화를 이해하지 못하는 일반인들은 내가 이상해 보일 수밖에. 하지만 이젠 K-POP이 전 세계적으로 위상을 떨치고 있다. 덩달아 케이팝 고인물이 되어 존중받을 수 있게 된 나.

여전히 나는 K-POP과 아이돌을 좋아한다. 신곡이 나오면 그게 누구든 뮤직비디오를 감상하고 토요일엔 〈쇼! 음악중심〉을 본다. 유튜브로 직캠 영상을 보는 것도 소소한 행복 중 하나. 춤추는 것도 여전히 좋아해서 가끔 연습실을 빌려 안무를 외운다. 대학생 때는 소모임이었던 댄스 동아리를 정식 중앙 동아리로 등록하기 위해 섭외가 오는 공연은 다 갔다. 주말 새벽 알바와 산더미 같은 과제를 병행하며 이뤄낸 결과물이어서 그 시기의 내가 지금도 대견하다. (어디다가 자랑할 곳이 없어 여기다 쓴다.) 그래서, 취미가 무엇이냐 묻는다면 아이돌 댄스와 덕질하기 정도로 대답할 수 있겠다.

: 나를 구원하는 건 지금의 갓생

K-POP 덕질을 하며 아쉬운 건 이게 내 커리어나 미래에 특별히 이롭게 작용할 여지가 없다는 거다. 회사에서 내 직무는 회계였고, 오랫동안 준비해 온 인생 목표는 시인 등단이다. 대충 보아도 둘 다 K-POP과 전혀 상관없는 일이다. 그래서 만약 취미의 의미가 내 미래에 직간접적으로 영향을 줄 수 있는 일상 루틴이라 한다면, 나는 춤추는 것 말고 갓생 살기가 내 취미라 말하고 싶다.

갓생! 신을 뜻하는 갓god과 인생의 생이 합쳐져서 나온 신조어다. 비속어의 의미로 '개'가 온갖 한국어에 접두사로 붙여지듯 '갓'은 긍정적 의미로 쓰인다. 갓한민국(대한민국), 갓연경(김연경), 갓흥민(손흥민)처럼. 고로 갓생은 긍정적인 인생을 뜻하는데, 이 갓생을 위해 자기계발을 수행하는 행동을 '갓생 산다'라고 표현한다.

나는 나를 위해 무언가 하나는 해야 행복한 사람이다. 아무것도 하지 않는다면 쉽게 우울에 빠지는데, 그래서 운동이나 다른 공부를 꼭 하나는 해야 했다. 사실 남는 건 별로 없다. 영어 회화를 그렇게 오래 했는데도 아직 유치원생 수준밖에 못 되고, 운동은 술살이라도 빠져야 보람이 있을 텐데 미동도 없다. 2년 안에

승부를 보자며 시작했던 등단 준비는 벌써 10년이 되어 간다. 남들이 보면 나는 치열하고 열정적으로 사는 사람이지만 실상은 나를 소개할 멘트 하나도 변변치 않다. 그렇기에 갓생은 내 어두컴컴한 현재를 비춰 주는 한 줄기 희망이다. 미래의 나를 위한 과정이니까.

이건 이 책을 쓰는 이유와 맞닿아 있다. 나는 매년 겨울이 되면 불가항력적으로 우울을 느낀다. 이룬 것이 아무것도 없는데 한 해가 저무는 게 믿기지 않아서 그렇다. 분명 나는 시간을 허투루 쓰지 않는데 왜 나는 나로 인해 고통받지? 나는 과거의 나를 곱씹으며 후회하고 미래의 나를 구상하며 공허해한다. 그렇다고 현재의 내가 미래의 나를 위해 태도를 바꾸진 않는다. 그렇게까지 정열적으로 살고 싶진 않나 보다. 생각도 많고, 공상도 깊으면서 사고思考는 뻣뻣한 사람이 바로 나. 이런 내가 책을 쓰며 '갓생'을 살고 있다.

요즘 새롭게 추가된 갓생은 경제 공부다. 부모님이 퇴직할 때가 되었기 때문에 이제 부모님의 따뜻했던 경제적 지원 아래에 마냥 누워 있을 수가 없다. 그래서 매주 일요일 저녁 동생과 식탁에 둘러앉아 각자 보고 싶었던 경제 유튜브를 보거나 책을 읽는다. 둘 다 하기 싫은 날엔 한 시간짜리 다큐멘터리를 정해서 함께 시청한다. 동생과 나는 이 시간을 경제 스터디라 부른다. 2023년 2월에 시작한 스터디는 지금도 진행 중이다. 이 스터디 덕에 공모주가 무엇인지도 몰랐던 내가 지금은 시간이 날 때마다 청약에 도전하고 있고, 여윳돈이 생길 땐 장기 투자용으로 우량주를 매수한다. 팬데믹 시절 멋모르고 사 놓은 삼성전자와 카카오 때문에 주식 계좌를 보는 것도 싫었는데, 지금은 올해 얻은 수익에서 어느 정도 차감이 되는 덕분에 두 눈 똑바로 뜨고 볼 정도는 된다. 그전에는 답 없는 손실률 때문에 애플리케이션만 보아도 토할 것 같았다.

또 다른 갓생이 있다면 전산회계 자격증에 도전했다는 거다. 회사 내 직무가 회계이긴 했지만 솔직히 말하면 나는 수포자다. 수학을 포기한 자 말이다. 숫자가 길어지면 뒤에서부터 일십백천만십만…… 하며 세어야 할 정도로 숫자 보는 눈이 없었다. 회사에서 회계 업무를 맡게 된 건 그냥 회계 파트의 후임자를 구하지 못한 탓이었다. 얼레벌레 맡아서 어영부영하다 보니 적응해 버렸고, 이직할 때 내 경력으로 살릴 수 있을까 싶어서 자격증에 도전했다. 마침 경제 스터디를 시작하기도 해서 금방 재미를 붙였다. 1급과 2급은 모두 성공했고, 좀 더 욕심을 내서 전산세무 자격증까지 획득했다.

그리고 늘 놓지 않는 건 영어 공부와 운동. 나의 갓생들이 훗날 어디에 쓰일진 모르겠지만 나는 기본적으로 이렇게 열심히 산다. 특별히 잘난 구석이 없는 나를 어디 내놔도 부끄럽지 않게 만들고 싶어서 그렇달까. 그래서 갓생 산다는 말은 사실 나에겐 좀 복잡한 감정을 준다. 진작에 어떤 한 분야에서 자리를 잡고 인정받았다면 이렇게 여러 가지 일을 할 필요도 없었을 테니 말이다.

그래도, 나를 구원하는 건 나니까. 꼿꼿하게 허리를 폅시다.

[지은 댓글]

너와 내가 친구라서 그런 걸까? 생각하는 게 비슷하구나, 싶다. 남들이 보면 치열하게 사는 사람처럼 보이지만 아니라고 생각하는 것, 나를 소개할 멘트 하나도 변변치 않다고 생각하는 것, 특별히 잘난 구석이 없다고 생각하는 것도. 나도 너랑 똑같이 생각하거든. 남들이 나를 보면 정말 바쁘고 치열하게 산다고 생각하는데, 사실 나는 하루하루 시간을 버리면서 사는 느낌이 들어. 누군가는 내가 등단을 했고, 이것저것 뭔가 하는 게 많으니 나를 소개할 타이틀이 많다고 여길지도 모르겠지만, 내 스스로는 나를 어떻게 소개해야 할지 잘 모르겠거든. 스스로 자랑스럽게, 나는 이런 사람이라고 소개할 수 있는 무언가가 있나? 생각해 보면 여전히 오리무중이야. 남들은 내가 무언갈 많이 가졌고, 내세울 수 있는 무언가가 있다고 여기지만 나는 내 스스로 특별히 잘난 구석이 없는 것 같아. 나도 그런 생각을 자주 하는데, 너도 똑같이 해서 놀랐다. 이리저리, 어찌저찌 바쁘게는 살지만 뭐 하나 쉽게 손에 쥘 수 없는 우리 92년생의 삶이 이런 생각을 하게 만드는 걸까 싶기도 해. 우리만 이런 게 아니라, 동년배들이 대체로 우리와 같은 생각을 하고 있을지도 모른다는 생각이 드네.

근데 윤채야, 내가 봤을 때 너는 참 가진 게 많은 사람이거든. 특별한 사람이고, 특출한 능력도 많고. 너는 좋은 부모님과 사랑스러운 동생이 있잖아. 너를 지지해 주고 응원해 주는 화목한 가정이 있고, 너만의 빛나는 문학적 감수성을 끝까지 갖고 가는 지구력, 끈기도 있고. 할 땐 열심히 하고, 놀 땐 잘 노는 특기도 강점이고. 목소리도, 제스처도 커서 사람들의 시선을 잘 끄는 나에 비해 너는 조용하고 잔잔함에도 사람들이 네게 집중을 잘 하게끔 만드는 능력이 있다는 것도 나는 부러워. 네가 그런 생각을 할 때마다 내가 너의 장점을 알려 줄게. 그러니 씩씩하게 앞으로 나아가자. 남들이 봤을 땐 수면 위에 떠 있는 평온한 오리처럼 보일진 몰라도, 우리는 수면 아래서 열심히 발을 휘젓고 있잖아. 막연한 말일 수는 있지만, 그러다 보면 분명 좋은 날 올 거야. 그날을 위해서, 제가 윤채에게 피자 여러 판 쏩니다~! 허리 피자! 어깨 피자! 가슴 피자! 얼굴 피자! 웃음꽃 피자! 우리 인생 피자!

도착한 숲에는 작은 무덤이
무덤 옆에는 일인용 텐트가 있었다
들어가 향을 피우고 촛불을 켰다
우리는 숲에서 종종 피크닉을 열었다
서로의 온몸을 파먹으며
긴 잠에 빠져들기 전까지

— 임주아 시 「피크닉」 中
(『죽은 사람과 사랑하는 겨울』, 2023)

3. 연애와 결혼

기울어진 시소를 거부할 권리

연애와 결혼
: 윤채의 이야기

: 연애를 하려는 내 모습이 너무 우스워

지은과 나는 자주 말하곤 한다. "연애하고 싶은데 하기 싫다." 인간으로서 느끼는 자연스러운 외로움을 해소하고 싶긴 하지만, 연애를 하기 위해 들여야 하는 감정이나 시간, 기회비용 같은 제반적인 요소들을 생각하면 하기 싫어진다는 뜻이다.

나는 마지막 연애 이후로 7년을 혼자 지냈고, 지은은 4년 정도 되었을 것이다. 그사이 소개팅도 여러 번 해 봤지만 연애로 이어진 적은 없다. 한 번 만나서 식사하고 커피 마시고, 집에 돌아가선 이렇다 할 마무리 인사 없이 끝냈다. 그렇게 흘러간 사람만 몇 명인가.

어떤 이는 내가 정말 좋아하는 사람을 못 만나서 그렇다고 위로했다. 처음에는 나도 그렇게 생각했다. 그러나 시간이 흐를수록 확고해진 한 가지는, 좋아하는 사람이 나타나도 쉽게 마음을 열 수가 없을 것 같다는 거다. 나이가 들어서 그런가? 연애뿐만이 아니라 친구를 사귀는 것도 쉽지 않다. 새로운 도전을 하는 것도 꺼려진다. 그래서 지은과 나는 사무실로 들어가며, '지긋지긋하다'는 말을 한숨처럼 길바닥에 버리곤 했다.

마지막 연애 이후로 7년을 혼자 지내 왔다. 혼자 지냈다고 하니 쓸쓸해 보이지만 한 번도 외롭지 않았다. 사실 난 혼자 놀기 만렙까지 넘볼 수 있는 사람이다. 같이 갈 사람과 일정 맞추기 힘들면 대체로 혼자 하는 편이다. 페스티벌이나 클럽, 전시회장이나 비엔날레도 혼자 다닌다. 그러니까, 하고 싶고 가고 싶은 곳이 있으면 동행을 구하는 일에 연연하지 않는다.

연애에 대해 이야기하기 전 확실히 해 둘 것은 전후 관계다. 나는 연애를 하지 않아서 혼자에 익숙해진 게 아니다. 나는 그저 혼자 있을 때 가장 마음 편하고 행복한 사람이다. 누군가와 만난다는 건 나의 시간과 마음을 공유한다는 뜻인데, 상대방이 살아온 역사가 나에게 그대로 밀려와도 괜찮을 수 있는 상태일 때 그런 연애 모드도 가능하다. 나는 하다못해 친구도 자주 만나기 귀찮아하는 사람이라, 누군가의 시간과 마음에 언제든 맞춰 주기가 곤란하다. 더 솔직하게 말하면 나는 나를 숨기거나 포장해야 하는 순간이 오면 내가 왜 그래야 하는지 근원적인 물음에 빠진다.

예를 들면 이런 것이다. 서른두 살에서 2년이 차감된 김에 아주 오래전에 설치했던 데이팅 어플을 다시 열어 보았다. 데이트 모드와 친구 사귀기 모드가 있는 어플인데, 나는 후자의 모드로만 구경했다가 접었다. 데이트 모드로 설정하는 것부터가 쑥스러운 일이었기 때문이다. 그런데 새해 일출을 보고 나선 갑자기 용기가 샘솟아 거침없이 데이트 모드로 설정하고 프로필엔 내 사진을 네 장이나 올려 두었다. 그러고 나니 남자들의 사진이 보이기 시작했다. 상대방의 사진을 왼쪽으로 넘기면 마음에 들지 않는다는 뜻이고, 오른쪽으로 넘기면 마음에 든다는 뜻인데 만약 상대방도 내 사진을 오른쪽으로 넘겼다면 우리는 매칭되어 메시지를 주고받을 수 있다. 신중하게 사진을 넘기고 있을 때쯤 이 어플이 상대방에게 나를 좀 더 알릴 필요가 있으니 몇 가지 문답을 작성하라고 했다. 난 그때까지도 새빨간 새해 일출의 힘에 젖어 있었으므로 호쾌하게 어플이 하라는 대로 손가락을 움직였다. 그런데, 질문이 생각보다 어려웠다. 아니 더 정확히 말하자면 질문에 대답하기가 어려웠다. 머릿속에 떠오르는 대답은 하난데 그걸 그대로 쓰기엔 좀 무서웠달까.

그중에서 가장 나를 망설이게 만들었던 질문은 이러했다.

"내가 언제나 목소리를 낼 분야는…."

이것에 대한 나의 대답은 여성과 약자 연대였다. 내가 이 사회에서 약자임을 인정하고 직시하는 것, 그래서 타인의 약한 모습이 그만의 것이 아니라 언제든 나로 치환될 수 있다는 것, 그것을 늘 상기하고 연대해야 한다는 결심이 나를 비정상이 난무하는 사회에서 버티게 했다. 그렇게 살면 언젠간 반드시 나에게 돌아올 때가 있다고, 아주 느린 속도여도 사회는 변한다고 믿었다. 그렇지만 요즈음은 간단 명료한 의제를 이야기하는 것도 테러 당하는 시대인지라 그냥 두루뭉술하게 '환경 보호'라고 대답했다. 여성 문제를 생각한다는 사람이 데이팅 어플을 한다는 게 모순적으로 느껴지기도 했다.

결국 나는 내 자아와 현실의 괴리를 극복하지 못했다. 누군가를 만나기 위해, 누군가에게 맞춰 주기 위해선 나를 숨겨야 하는데 그러기엔 내 자아가 소중했다. 나는 다른 누구보다도, 그 어떤 연애 상대보다도 지금의 '나'를 만나기 위해 수없이 울고 웃으면서 살아왔기 때문이다.

그래, 이런 연유로 내 심정을 정확히 말하자면 연애를 하기 위해 고군분투하는 내 모습이 우습다. 소개팅이라도 받으면 톡으로 "안녕하세요ㅎㅎ"라고 보내며 겨우 약속을 잡고, 파스타 맛집에서 만나 "무슨 일 하신다 했죠?" 하면서 어떻게든 대화를 이끌어 나가고, 그 와중에 파운데이션과 립스틱이 지워지진 않았나 연신 거울을 확인하는 내 모습이, 도무지 좋아지지 않아서 우습기만 하다.

: 어쨌든 힘이 있어야 연애도 하는 거지

그리고 현실적인 부분도 컸다. 부모님의 사랑을 듬뿍 받아 호기롭게 사회에 나왔는데 현실이 녹록지 않았다. 애 같은 생각이 아니라, 실제로 모두가 그렇다.

고성장 시대에 사회적 입지를 다진 부모 세대가 낳은 자녀들은 유복한 생활을 즐기다가 저성장 시대에서 고된 사회생활을 시작한다.[1] 사회생활이 힘들다는 건 귀에 딱지가 앉도록 듣고 자라서 알고는 있었는데 막상 직면한 현실은 힘든 정도가 아니라 그냥 아수라장 수준이었다. 취업을 하려니 어딜 가나 경쟁률이 너무 세서 도전할 엄두가 나지 않았다. 하기야 나는 수능도 역대 최고의 응시자 수를 기록한 세대[2]아닌가. 바늘구멍을 뚫고 취업을 하려는 사람들은 대외 활동을 비롯한 스펙 쌓기에 대학 생활을 바쳐야 했다. 나는 일찌감치 방송 작가로 내 진로를 정했었기 때문에 그 부분에서는 자유롭긴 했다. 그래도 매일 자기소개서를 쓰면서 밤을 지새우고 온갖 학원을 다니는 친구들을 보면서 취업 시장의 현실을 간접적으로 체험했다.

사실 구직 활동은 아수라장의 초입일 뿐이다. 진짜 전쟁은 취업 이후였다. 그때쯤 내 마음에 깊이 각인된 용어가 하나 있는데 그게 바로 '88만 원 세대'였다. 2007년도 경제 에세이 책을 통해 나타난 이 명칭은 2014년도의 사회 초년생인 나에게 딱 맞는 이름표였다. 어느 외주 제작사에 막내 작가로 들어가 처음으로 받았던 월급이 딱 80만 원이었기 때문이다. 그 작고 소중한 월급으로 지은과 월셋방 살이를 시작해 지옥 같은 방송국 생활을 버텼다.

그랬다. 말 그대로 '버텼다'. 약 3년간 방송 작가 생활을 하면서 여러 외주 제작사를 체험해 보고 사람도 많이 만났다. 매일

(1) 이에 대한 자료는 박덕배, 「베이비부머-에코부머 세대의 고민」(《디지털타임스》, 2012.09.05)을 참고하였다.

(2) 한국교육과정평가원의 브리핑에 따르면 71만 2천여 명이었다.

밤샘 근무에 시달려도 급여를 올려 달라 말하지 못했고, 말도 안 되는 요구를 하는 선배들의 비위도 맞췄다. 영업 사원마냥 섭외 전화를 돌리는 건 내향인에겐 고문과 다름없었다. 방송을 하루 앞두고 아이템이 엎어진 적도 있었는데, 겨우 방송을 끝내고 나니 나를 기다리는 건 리뷰 회의를 빙자한 폭언 파티였다. 건강은 나빠질 대로 나빠지는데 돈은 안 모였다. 선배 작가들은 경력이 10년, 20년인데도 막내인 나와 같은 생활 리듬으로 살았다. 메인 작가를 맡아도 이 고생을 계속한다고 생각하니 미래가 너무 아득했다. 그때 사귀던 사람이 있었는데 고되고 무거운 생활에 지치고 지쳐서 내가 먼저 헤어지자고 통보했다. 그러곤 당분간 연애를 하지 않아야겠다고 다짐한 상태로 이렇게 7년이 지난 것이다.

그 시기 나는 '개오바'라는 말을 입에 달고 살았다(지금도 그렇다). 30시간을 깨어 있다가 딱 하루 쉬고 출근하면서 "개오바". 돈은 없는데 월급 날까지 한참 남았으면 또 "개오바". 위염 때문에 병원에 다녀오면서 "개오반데", 하다가 힘들어서 주변 사람에게 털어놓았다가 버티라는 대답이 돌아오면 "오바임".

진짜 개오바 같은 포인트는 방송국 생활을 그만둔 지금도 이 개오바 생활이 계속되고 있다는 거다. 다시 문학에 애정을 가지고 돌아온 지금, 나는 뭐라도 닥치는 대로 해야 나중에 밥 먹고 살 수 있다는 생각으로 작은 회사에 일자리를 구했고 대학원에 다니면서 논문과 내 작품을 쓰고, 또 밤을 샜다. 이렇게 열심히 사는데도, 이렇게 가방끈이 긴데도 아무것도 성취하지 못했다는 허탈함은 왜 나에게서 떨어지지 않는 걸까. 이제는 이 감정을 동반자처럼 여기면서 살지 않으면 나의 현실과 미래를 감당할 수 없을 것 같다.

그러니까 나는 아무것도 없는 사람인데 말이지, 연애해도 괜찮은 사람인 것처럼 나를 꾸미는 게 웃기고 좀 미안한 것 같다. 나는 피자를 시키려다가도 내일 마주할 통장 잔액만 떠올리면 입맛이 떨어지는 사람이니까. 아직까지도 부모님의 재정적 가호가 없으면 무너져 내릴 사람이니까. 나를 다 챙기고 나서도 여유가 남아야 연애도 가능한 것이다. 전제 조건을 준비하지 않았으니 결혼은커녕 연애도 자꾸 멀어져만 간다.

[지은 댓글]

나는 사람을 참 좋아하잖아. 처음 보는 타인에게 쉽게 내 마음을 건네주는 것도 그렇고, 내 마음의 울타리는 낮고도 낮아서 한번 내 바운더리 안에 들어오면 내 마음을 다 주는 것도 그렇고. 왜 그럴까, 생각해 보면 사람과 사람 사이에 오가는 그 애정이, 마음이 나한테는 언제나 결핍이어서 내가 그토록 목매다는 것 아닐까 싶어. 그런데, 어느 날 깨달았지. 내가 애정을 쏟는 대상을, 나보다 더 소중히 여기면서 내 자신을 후순위로 뒀구나. 이 세상에 나를 가장 사랑하는 사람은, 그 누구도 아닌 '나'여야만 하는구나. 그 뒤로, 나는 내 자신을 0순위로 두기 시작했어.

그러다 보니 내 현실이 보이더라. 다달이 빠져나가는 대출

이자, 보험료, 핸드폰 요금과 같은 고정지출에 비해 터무니없이 적은 내 월급. 더 나은 나의 미래를 위해서 대학원 진학도 하고, 나름대로 열심히 애쓰며 살았는데 나는 여전히 빠듯하게, 숨 쉴 구멍 하나 없이 살고 있더라고. 나의 오늘이, 나의 미래가 이토록 버겁고 무거운데 내가 연애를 할 상황이나 여건이 되나? 연애를 하면서도 내 현실을 잘 꾸려 나갈 수 있나? 자문했을 때, 아니더라고. TV나 먼 옛날 동화 속에서 나오는 그런 낭만적인 연애, 로맨스는 현실엔 없잖아. 내가 겪어 본 연애는 그다지 낭만적이지 않더라고. 오히려 너무 현실적이라 문제지. '남녀 평등' 운운하며 데이트 통장을 요구받고, '여성성'을 이성적 호감의 필수 요소로 취급하는 현실….

너나 나나 연애를 하지 않은 지 좀 됐잖아. 사람들이 내게 왜 연애를 하지 않냐고 물으면, 무수한 대답이 쏟아져 나오는데 꾹 누르고 딱 이 말만 하거든. "마음에 여유가 없어서요." 그런데, 사실 마음의 여유는 현실의 여유가 보장됐을 때 생기는 것 같아. 연애뿐만 아니라, 예를 들면 운동도 그래. 건강을 위해서 운동을 해야겠다고는 생각하는데 내 현실이 너무 빡빡하니까, 저녁이 있는 삶을 살지 못하고 있으니까, 마음의 여유가 없으니까 운동을 등록해도 지속하기가 어려워. 빡빡하지 않은 삶은 언제 어떻게 가능할까?, 마음에 여유가 넘치고 넘치는 삶을 살고 싶다. 그치?

연애와 결혼
: 지은의 이야기

: 유니콘은 유니콘

인터넷 사이트에 회원 가입을 할 때, 혹은 지원 사업이나 대출 등의 사유로 서류를 작성할 때 늘 마음에 걸리면서도 의뭉스러운 게 있었다. 바로 기혼/미혼 유무 체크. 기혼이라는 건, 결혼을 한 사람을 뜻하는 것일 테고. 미혼은? '아직' 결혼을 하지 않은 사람?

그런데 어쩌지, 내 인생에는 결혼이 없는데. 왜 사회는 '결혼'이라는 제도를 무조건 기저에 깔고 사람을 나누지? 내가 너무 깊게 파고드는 건가, 라는 생각이 들기도 했지만 의뭉스러운 건 사실이었다.

그러다 '비혼'이라는 단어를 접하고 '그래, 나는 비혼이야!' 스스로 정의를 내렸는데 또, 또! 의문이 드는 거다. '비혼'은 아닐 비非 혼인할 혼婚 자를 써서 결혼을 하지 않은 상태를 뜻하는 단어인데, 그럼 비혼 안에 미혼도 포함되는 거 아닌가? 하는 의

문. 스스로 '비혼'이라고 정의하기에는, 미혼과 마찬가지로 '아직' 결혼을 하지 않은 사람의 의미로도 읽힐 수 있을 것 같다는 찝찝함. 그 찝찝함이 나를 오래도록 괴롭혔다.

내가 이토록 단어에 집착하는 이유는, 언어는 사회를 반영하는 도구라는 걸 알아서. 작게는 나의 생각과 사유, 가치관을 담아낼 수 있는 도구라는 것을 인지하고 있어서다. 나는 언어를 다루는 사람이기에 언어가 가진 힘이 무지막지하다는 것을 안다. 나는 명확히 하고 싶었다. 내 삶에 결혼이 당연하지 않다는 것을, 결혼은 삶에서 선택할 수 있는 무수한 갈래 중 하나이고 나는 결혼을 선택하지 않을 것이라는 사실을. 그러다 보니 근본적인 궁금증이 생기는 거다. 왜 결혼하지 않으려는 사람이 결혼하지 않으려는 것에 대해서 이름을 붙이고, 자꾸 설명해야 하는 거지? 결혼하지 않으려는 선택을 왜 어떻게든 명명하고 호명해야 하는 거야? 사실, 사회적으로 결혼이라는 제도가 디폴트값으로 여겨지는 게 문제 아닌가? 하는 궁금증. 궁금증의 끝에 도달해 보니, 나의 작은 결의(?)가 뿅! 하고 튀어나왔다. 나 안지은, 이걸 깨부수고 싶다!

그래서 내가 도달한 결론, 나는 "결혼주의자가 아니다!" 내가 타인과 이야기할 때 결혼이라는 제도를 선택하지 않을 사람이라는 것을 표현해야 하는 상황이 오면 의식적으로 '결혼주의자' 라는 워딩을 쓰려고 한다. 하지만 사회적으로 '비혼' 혹은 '비혼주의'가 결혼을 하지 않는 상태를 내포하는 단어로 통용되기에 어쩔 수 없이 '비혼'이라는 단어를 종종 쓰기도 하지만, 어쨌든!

나는 결혼주의자가 아니다. 결혼이 디폴트값이 아니라는 주장과 의지를 세상에(?) 표출하기 위해서라도 '결혼주의자'라는 표현을 의식적으로 쓰려고 노력한다. 결혼하는 것과 결혼하지 않는 것, 둘 다 선택의 문제인데 왜 사회에서는 결혼이 디폴트값으로 취급되는 건지. 도통 이해할 수가 없다.

내가 결혼주의자가 아니게 된 것은 어렸을 적 엄마, 아빠를 보면서 깨닫고 경험한 게 컸다. 소설 『안나 카레니나』의 첫 문장은 내가 오래도록 곱씹는 문장이다.

"행복한 가정은 모두 비슷한 이유로 행복하지만 불행한 가정은 저마다의 이유로 불행하다."

엄마는 학창 시절 전교권에서 놀았다고 했다. 하지만 둘째라는 이유로 대학 진학을 집에서 반대했고, 아빠를 만나 20대 초반에 결혼했다.

자신의 꿈을 포기하고 누군가의 아내로서, 엄마로서의 역할을 어린 나이에 수행하는 게 쉽지만은 않았을 거란 걸 다 큰 지금에서야 이해한다. 너무 어렸을 때라 기억은 나지 않지만, 엄마는 시집살이로 마음고생을 했고 내가 기억하는 순간부터 엄마 아빠는 서로를 잡아먹지 못해 안달이었다. 화목하고 좋은 순간들도 분명 있었겠지만, 내 기억과 마음에 오래도록 자리 잡은 것은 그런 잿빛 기억들이다.

사람은 갖지 못한 것을 꿈꾼다고, 스무 살 이전의 나는 성인이 되면 운명의 상대를 만나 그 누구보다도 일찍 결혼하고 싶었다. 내가 딸로서 속해 있는 가정의 모습은 대체로 불행했고, 나는 '절대 우리 부모님 같은 결혼 생활은 안 할 거야. 일찍 결혼해서 그 누구보다 행복한 결혼 생활을 해 나가야지!' 하고 은연중에 다짐했던 것 같다. 그 다짐을 할 당시의 나는 동화나 드라마 속에 나오는 '백마 탄 왕자' 같은 사람을 만나서 그 누구보다 행복하게 살 거라 굳게 믿었으니까.

성인이 되고 나서 나름대로 몇 번의 연애 끝에 깨달은 것은, '백마 탄 왕자'는 존재하지 않으며 허상이라는 거다. 즉, 백마 탄 왕자는 유니콘이라는 말. 유니콘은 유니콘이다. 유니콘은 상상 속에서나 존재하고, 내가 발 딛고 있는 지금–여기는 현실이다. 나는 상상하는 것을 좋아해 허황된 생각들도 많이 하지만, 연애와 결혼에 있어서만큼은 지극히 현실주의자다. 어떻게 보면 경험주의자이기도 하지. 어릴 적 나는 '백마 탄 왕자'와 '진정한 사랑'이 있을 거라고, 그러니까 서로의 인격체를 있는 그대로 존중해 주면서도 동등하고 평등한 위치에서 남녀가 사랑이라는 것을 할 수 있을 줄 알았다. 하지만 머리가 굵어지고 난 뒤 몇 번의 경험을 통해 그것은 불가능한 일이라는 것을 깨달았으니 경험주의자이기도 하다.

이는 나의 문제가 아니다. 애초에 '연애(이성애)'를 중심으로 한 관계는 어쩔 수 없이 기울어진 시소일 수밖에 없다. 이 기울어진 시소는 아주 오래전부터 유구하게 이어져 온 사회·문화적 메커니즘에 바탕을 두고 있기에, 이에 대한 고찰 없이는 까딱하면 무의식적으로 '백마 탄 왕자'를 꿈꾸게 된다. 메커니즘을 깨부수지 않는 한 지금-여기, 이 현실에서 내가 생각하는 '연인'이란 관계는 존재할 수 없다.

결혼 생각이 없다고 말하는 내게, 주변의 많은 어른들이 아직 '백마 탄 왕자', '나만의 왕자님'을 못 만나서 그런 거라는 조언을 해댄다. '백마 탄 왕자'라는 표현 자체에 함의되어 있는 것은 여성을 '구원'하러 온 '남성'이다. 이 말은 즉, 여성이 수동적인 위치와 태도를 가질 수밖에 없게 만드는 표현이다. 이러한 함의를 가진 표현이 여성에게 자연스럽게 통용되고, 당연하게 쓰이는 이 사회.

이런 사회를 바꾸려면 의식적으로 계속 생각하고 질문하는 비판적인 시각이 필요하다. 그랬을 때, 지금껏 당연하게 통용되어 왔던 사회적인 의식과 통념에 금이 간다. 만연하게 쓰이는 표현 이면의 부분을 고찰하면서, 금이 간 그 틈을 비집고 계속 목소리를 낸다면 지금껏 당연하게 여겨졌던 것들이 조금씩 낯설어지고 불편해질 것이다. 그 낯섦과 불편함은 어쩌면, 너무나 당연했던 인식·통념 전환의 시발점일지도 모른다. '백마 탄 왕자'와 같은 표현을 의식 없이 사용하는 미디어와 어른들, 더 나아가 무비판적인 수용자들이 조금만 더 단어와 표현의 이면을 고찰해 보면 좋겠다. 생각 없이 사용해 왔던 단어와 표현은 사용하면 할수록 악습을 더욱 견고하게 만드는 지점이 있다는 것을, 그 지점이 '여성'에게 얼마나 오래 족쇄를 채워 왔는지를.

: 내 인생에서 나를 가장 중요시 여기면 안 되는 건가요?

주변의 어른들, 특히 보수적인 어른들은 내 나이를 들으면 "히익! 시집갈 나인데, 남자 친구 없어?"라고 되묻는다. "옛날이면 벌써 결혼해서 애 둘, 셋은 낳았겠다!"라는 말도 빼놓지 않고 덧붙인다. 그럴 때마다 허허, 웃으며 "제가 결혼 생각이 없어서…"라고 털어놓으면, 대체로 기겁을 한다. 왜 결혼을 꿈꾸지 않느냐는 말에, 몇 가지 이유를 대면 곧바로 반박이 들어오기 일쑤다.

— 혼자 돈 벌며 사는 것도 이렇게 빠듯한데, 입이 하나 더 늘어나면 어떻게 살아요.

— 결혼하면 벌이가 두 배야! 결혼해서 둘이 돈 벌면 금방 돈 모아!

— 결혼보다는, 저의 성공과 안정이 더 중요해서요.

— 결혼해서 남편 내조하고, 집안일하는 것보다 더 큰 안정이 어디 있다고 그래?

— 결혼하게 되면 누군가의 아내, 누군가의 며느리로 살아야 하잖아요. 혼자일 때보다는 확실히 억압이라면 억압, 책임이라면 책임이 생기니까… 결혼을 해서 얻는 타이틀들이 제게 안정감을 주기보다는, 제 삶에 족쇄 아닌 족쇄로 다가오는 것 같아요.

— 지금이야 혼자가 좋다고 하지, 나이 먹을수록 그 생각 바뀔걸? 나중에 다 늙어 혼자 살다 아파 봐. 누가 돌봐 줘? 결혼해서 가정을 꾸려야지 노년이 덜 외로워.

— 결혼하면 돈도 많이 들잖아요. 저는 집에서 결혼할 때 지원을 해 줄 수 있는 형편이 아니라서요.

— 없는 형편에 결혼한 사람들 많아. 그래도 다들 잘 살잖아! 다들 빚내서 결혼해. 요새 반반 결혼이니 뭐니 해도, 신혼부부 대출이 얼마나 잘돼 있어? 결혼 후에 열심히 맞벌이하면서 함께 빚 갚아 나가는 재미로 사는 거야. 금쪽같은 자식들도 낳으면서. 자식 키워 봐라, 그만한 행복이 없다!

— 저는 아이를 낳을 생각이 없어서요.

— 쯧쯧, 그러니 우리나라 출산율이 바닥을 치지. 자식은 가정의 완성이야. 자식 없이 노후를 맞이하면 외롭고 힘들걸?

— 제가 아무리 자식한테 잘한다고 해도, 제가 엄마라는 이유로 자식은 분명 상처를 받을 거예요. 제가 부모에게 상처를 받은 경험이 있고, 그 부분이 얼마나 고통스러운지 알기 때문에… 좋은 엄마가 될 자신이 없어요.

— 일단 낳아 봐. 낳고 보면, 다 알아서 엄마가 돼 있다. 애를 낳으면 눈에 넣어도 안 아프다는 말이 뭔지 알게 될 거야. 모성애가 절로 생긴다고.

— 제가 지병이 좀 있어요. 임신하면 제 몸이 망가질 게 뻔해서, 그러고 싶지 않아요. 엄마도 저를 낳고 난 뒤에 하지정맥류가 생겨서, 종아리 혈관이 울퉁불퉁 다 튀어나와 있거든요.

— 새 생명을 탄생시키는 일이 어디 쉬운 일인 줄 알아? 아이를 낳잖아? 그러면 고통이 싹 가셔. 낳을 때의 아픔, 고통보다 기쁨이 훨씬 더 커.

반박하고 싶은 것들이 (경상도 말로) 천지삐까리다. 부부보다 1인 가구가 훨씬 많은 현시대임에도 불구하고 1인 가구에 대한 지원은 전혀 없다. 오히려 미혼, 비혼 가구보다 기혼 가구에게 더 많은 혜택을 주는 정책은 시대 흐름을 전혀 고려하고 있지 않다. 국가의 입장에서는 부부가 많아지고, 부부가 자녀를 낳는 것이 인구 부양의 측면에서든, 사회 구조적인 측면에서든 득이 되는 지점이 많으니 전략적으로 정책을 만들어 청년들에게 결혼에 대해 압박 아닌 압박을 하는 것이겠지만, 1인 가구가 증가하는 추세는 명백한 현시대의 현상이다. 그렇기에 마냥 결혼과 관련한 정책과 제도에만 힘쓰는 것이 아닌, 1인 가구에 대한 정책적인 지원과 제도의 수립이 반드시 필요한 때라고 본다.

또한 여성이라면 당연하게도 '모성애'가 있을 것이라는 믿음. 저 믿음은 여성을 '성녀 프레임'에 가두는 편협한 사고라는 것이라 반박하고 싶고, 결혼해서 가정을 이루는 게 '정상 가정'이라는 인식 또한 다양한 가정의 형태를 띠고 있는 현시대에 얼마나 구닥다리 사고인지를 지적하면서, 큰 소리로 외치고 싶다.

내 인생에서 '나'를 가장 중요시 여기면 안 되는 건가요?

하지만 이내 입을 다문다. 더 이야기하다가는, 여성에게 있어 결혼이 얼마나 중요하고 필요한 일인지를 쉴 새 없이 내게 설파할 게 뻔하니까. 나는 웃으며 말을 덧붙인다. "연애는 할 거예요." 이 말을 들은 어른들은 반색을 표하며 "그래, 연애하면 자연스럽게 결혼하게 돼! 연애부터 해!"라고 답하고 분위기는 이내 풀어진다.

상황을 모면하기 위해 한 말이기도 하지만, 어느 정도 사실이기도 하다. 나는 결혼으로 인해 닥칠 현실을 감당하고 싶지 않다. 내 손해라는 생각이 든다. 나는 나의 욕망을 포기할 생각이 없다. 내 네임 밸류를 높일 수 있는 커리어를 쌓는 일을. 누군가의 아내와 며느리, 그리고 엄마로서 사는 삶보다 인간 안지은으로 사는 일을. 혼자 살아가는 게 너무나 버거워서, 다른 사람과 함께 가정을 꾸리는 게 그려지지 않는 것도 사실이다. 미친 듯이 오르는 집값과 물가에 비해 오르지 않는 월급, 비정규직의 불안정한 삶 등등. 하지만, 성애적인 사랑에 끌리는 이성애자인 나이기에, 연애를 해 보지 않은 것은 아니다.

나의 전 애인을 말해 보자면, 글쎄. 한국 남자 종합 선물 세트라 말할 수 있겠다. 여기서 한국 남자란 비하의 의미가 담긴 워딩이 아니라, 말 그대로 한국의 가부장제를 습자지처럼 쫙 흡수한 채 비판적인 의식 없이 성장한 남자라는 뜻이다.

대화하다가 기분이 상하면 욱해서 소리를 지르고 짜증을 팍 내면서, 내가 화를 내면 "너 왜 이렇게 예민해? 생리해?" 혹은 "너 왜 이렇게 감정적이야? 이래서 여자들은, 쯧." 하며 혀를 끌끌 차는. 사실, 한 발 떨어져서 바라보면 누구보다 감정적인 건 본인이면서 말이다. 으레 많은 동년배 여성들이 겪듯, 데이트비가 부담된다며 한 달에 각자 일정한 금액을 통장에 입금해 데이트비로 쓰자고 했는데, 데이트 통장에 돈이 빨리 떨어지면 돈 관리를 못한다며 내게 질타를 하시던 분이었다.

이뿐만이 아니다. 나는 원체 성격이 털털해서, 사회가 들이미는 여성상 혹은 사회가 요구하는 여성성에서 벗어나도 한참 벗어난, 우주 밖으로 벗어난 사람이다. 그렇기에 전 애인의 앞이라고 내가 달라지는 건 없었고, 전 애인은 내가 이런 사람인 걸 알면서 연애를 시작해 놓고 사귀는 내내 "여자답게 좀 꾸며라" "화장 좀 해라" 등등의 헛소리를 쉬지 않고 지껄이는 놈이었다.

전 애인과 나는 각자의 직업이 있었고, 퇴근 후 종종 우리 집에서 함께 저녁을 먹었다. 집에서 밥을 해 먹을 때 요리는 8할이 내 몫이었는데, 애인이 음식을 맛있게 먹어 주는 모습 또한 요리를 좋아하는 이유 중 하나였다. 다만, 요리 이후 나오는 설거지가 싫어서(누군가는 요리하는 과정에 설거지도 포함된다고 하지만, 내겐 아니다. 설거지는 청소다.) 요리를 달가워하지 않았다. 어쨌든, 우리는 암묵적으로 한 사람이 요리하면 다른 사람이 설거지를 하기로 약속을 했다. 그런데 어느 순간, 피곤하다는 이유로 전 애인이 설거지를 하지 않기 시작했다. 피곤한 건 너나 나나 마찬가진데? 따져 물으니, "너는 사무실에 가만히 앉아서 일하는 사무직이고, 나는 밖에서 하루 종일 서서 움직이고 일하는 사람인데 너와 내 피곤함이 같냐?"라는 대답이 돌아왔다.

연애하는 동안 내가 불편함을 느끼는 지점을 사랑하니까, '사랑'이라는 이름을 앞세워서 눈 가리고 아웅 했다. 어떤 부분은 별로지만, 다른 부분에서 나한테 잘해 주니까. 나한테 애정을 쏟아 주니까. 그렇게 생각하면서 애써 흐린 눈을 했는데, 흐리게 보고 넘기려 했던 그 부분이 가장 큰 문제였다. 사랑이라고 믿는 그 감정은, 판단력을 흐리게 만든다. 시야를 뿌옇게 만든다. 나는 애정과 사랑, 사람에 대한 결핍이 있어 유독 애정에 약하다. '사랑'이 나의 유일한 약점이라는 뜻이다.

내가 생각하는 이상적인 사랑의 형태는 서로를 아끼는 마음과 배려, 있는 그대로의 존중이다. 나는 그런 사랑을 하고 싶다. 왜 그런 사랑을 나는 하지 못하는 걸까, 의문이 들다가도 곰곰이 생각해 보면, 우리가 '사랑'이라고 부르는 감정이 꼭 성애적인 사랑이어야 할까? 하는 생각이 들기도 한다.

성애적인 걸 배제하면, 나는 사랑을 하고 있다. 윤채, 우선, 은혜, 주혜, 예솔, 지윤, 명희, 지민, 태영, 성은, 지호… 셀 수 없이 많은 나의 친구들과. 사실, 나는 내가 대구에서 성장하지 않았더라면 내 성 정체성에 대해 좀 더 열린 마음으로 고민을 했을지도 모른다고 생각한다. 나는 기본적으로 여자를 무척이나, 훨씬 더 좋아하거든. 하지만 보수적인 가정 환경에서 자라 '사랑은 남자와 여자가 하는 것이다'라는 교육을 의식적으로든 무의식적으로든 주입받았기 때문에 남자를 사랑하는 게 당연하다고 여겼던 것 같다.

나와 연인이라는 관계를 맺었던 인간들은 죄다 남성이었는데, 단지 연애를 하는 것임에도 불구하고 왜 관계는 한쪽으로 기울어진 시소 같았을까? 나에게서 문제를 찾는다면… 나는 사람을 너무 좋아하니까, 연애를 할 때면 나는 나보다 연인을 더 사랑했으니까. '연인'이라는 딱지가 붙은 인간은 내게 프리 패스였으니. 순위를 매기자면 0순위인 거지. 그래서 탓을 하자면, 상대를 0순위로 취급했던 내 탓을 할 수도 있을 것이다. 모든 것을 연인 위주로 맞추고, 나를 잃어도 연인이 좋고 행복하다면 그걸로 됐다고 여기는.

하지만 무수한 연애 끝에, 나는 깨달았다. 타인을 0순위로 두었을 때, 그보다 불안한 것은 없다는 걸. 받는 사랑에 기대는 것은 나를 아끼고 지키는 방식이 아니라, 사랑에 눈이 멀어 나를 잃는 방식이라는 것을. 이 세상에서 온전히 나의 편이 되어 줄 수 있는 것은 나 자신뿐이라는 사실을.

나의 마음은 나의 것이다. 타인이 내 마음의 기준이 되어서도 안 되고, 타인이 내 마음에 목줄을 걸게 두어서는 안 된다. 내 마음은 내 거야.

지금의 나는 나 이외에 다른 사람을 0순위로 올려 두지 않는다. 그러자 찾아온 평화. 성애적인 사랑, '연애'를 해야만 하는 사랑이 사랑의 전부가 아니라는 생각이 들자 찾아온 만족감. 친구들과의 관계에선 기울어진 시소 같다는 느낌이 들지 않는다. 순간순간 서운한 게 있을 순 있어도, 우리의 관계는 동등하고 평등하다. 지금의 나는, 이러한 사랑의 형태와 사랑의 관계에 만족한다. 하지만 나는 성애적인 사랑을 좋아하고, 이성애자이니 언젠가는 연애를 할 수도 있을 것이다. 유니콘이 현실에 없다는 것쯤은 잘 알고 있다. 그래서, 나는 확고하다. 나, 안지은. 연애는 할 수도 있겠지만 결혼은 안 한다!

[윤채 댓글]

우리나라는 특히 전통적인 가족 형태를 강요하는 것 같아. 남자-여자-아이. 여기서 벗어나서 가족을 만들면 하늘이 무너지는 줄 알지. 출생률을 걱정한다면서 다른 형태의 가족은 딱히 인정도 안 해 주잖아. 그래도 아기에겐 아빠가 필요하다, 엄마가 필요하다, 그런 말들로 말이야. 참 답답해, 그치?

그런데 나는 정말로 혼자 사는 건 외롭단 말이지. 그렇다고 결혼은 싫어. 어쩌면 나는 결혼보단 '가정'을 이루고 싶다 말하는 게 정확할지도. 부모-자녀, 라는 전통적인 가족 구조 말고 나와 가족을 이룰 사람을 찾고 싶어. 그래서 습관적으로 '같이 실버 타운 들어가자' '같은 아파트 청약 받아서 살자', 이런 말을 너한테 하는 것 같아. 결혼하고 싶지 않다는 말이 외롭게 살고 싶다는 뜻은 아닌데…. 나도 가정을 이루고 싶은데. 전통적인 결혼 제도에 편입하는 형태가 아닌, 내 마음에 들고 나만의 방식을 찾아서…. 그렇다고 뾰족한 수가 있다는 건 아냐. 내일 통장 잔고 생각하는 것도 힘에 부쳐서 말이지. 그냥 결혼이나 연애 못하는 것보다 내가(혹은 우리가) 낙오자 같다는 시선을 받을 때 한없이 외로워진다고. 그 말이 하고 싶었어.

저녁별을 보며 어디 먼 데 눈빛을 적시거나
휘파람으로 바람을 불러 세워도 죽을 듯이 외롭다면

당신의 고향은
여기가 아닐지 모른다

— 조우연 시 「에일리언」 中
(『검정비닐새 요리』, 2024)

4. 고향

고향은 타향 같고 타향도 먼 우주 같은 우리들

고향
: 지은의 이야기

: 이방인

고향의 사전적 의미를 찾아본다. ①자기가 태어나서 자란 곳, ②마음속에 깊이 간직한 그립고 정든 곳.

저 사전적 의미대로라면, 나는 고향이 없는 사람이다. 내가 태어난 곳은 서울이고, 초·중·고 유년 시절을 보낸 곳은 대구·경북이며, 대학을 서울로 온 뒤로는 계속 서울에서 지내고 있기에. 마음속 깊이 간직한 그립고 정든 곳이 내게 있나? 곰곰이 생각해봐도 쉬이 떠오르지 않는다. 친구에게 물었다. 너는 '고향'을 생각하면 뭐가 떠올라? 음, 고향이라…, 본가에 있는 내 방?

나는 '내 방'을 떠올리면 이방인이 된 기분이 든다.

내가 갓 네 살이 되었을 때, 우리 가족은 서울에서 경북 경산시로 이사를 했다. 아빠는 서울에서 나고 자란 사람이었고, 엄마는 경북에서 나고 자란 사람이었다. 엄마는 아빠와 결혼한 뒤,

서울로 상경해 내가 네 살이 되기 전까지 시집살이를 했다. 그러다 일련의 일로 인해 엄마의 본가인 경북으로 이사를 가게 됐고, 그때 우리 가족 셋은 아주 좁은 집에서 살았다. 작은 평수의 아파트. 방 두 개, 거실과 화장실이 한 개인 집이었지만, 처음으로 내 방이 생긴 거라 당시엔 그 어떤 집보다 크게 느껴졌다. 하지만 책상과 옷장을 넣으니 꽉 차서, 나만의 공간이 생겼다는 기쁨을 채 누리지도 못한 채 엄마 아빠와 함께 거실에서 자거나 안방에서 잤던 기억이 있다. 그러다 그해 4월, 동생이 태어나면서 처음 생긴 내 방은 동생과 함께 쓰는 방이 돼 '내 방'이라는 공간은 유명무실해졌다. 이후 동생이 초등학교 때 축구부에 들어가면서 우리 집에서 가장 먼저 집을 떠난 사람이 됐고, 내가 고등학교를 진학할 시기에 우리 집은 더 넓은 집으로 이사를 가게 됐다. 그제야 온전한 내 방, 독립적인 내 공간이 생겼지만 내가 서울에 있는 대학으로 상경한 사이 부모님은 그 집을 팔았다. 그렇게 '내 방'이라 부를 수 있는 공간은 신기루처럼 사라졌다.

내 기억과 추억이 깃든 집과 내 방은, 이제 어디에도 없다. 나는 고향이 없는 이방인이다. 그래서 고향이라는 단어는 언제나 낯설고, 고향이란 말에 달라붙어 있는 정서와 감정은 내게 쉬이 와닿지 못한다.

서울로 상경한 지 벌써 10년이 지났다. 대구·경북에서 보낸 시간보다 서울에서 보낸 시간이 더 길어지고 있다. 서울을 제2의 고향이라고 내가 여길 수 있을까? 글쎄, 잘 모르겠다. 서울에서 나는 주거 불안정자니까. 그렇다고 다시 대구·경북으로 내려가자니, 썩 내키지 않는다. 대구·경북은 서울과 비교했을 때 인프라도, 취업과 같은 고용 측면에서도 아쉽거든.

지방에 머무는 청년들의 인구가 점점 줄어들고 있다고 한다. 내 대구 친구들만 봐도, 반은 수도권에서 생활하고 반은 고향에서 머물고 있다. 지방에서 학교를 졸업한 뒤, 수도권으로 상경한 친구들은 지방에서 할 수 있는 게 없어서 상경했다. 지방에 여전히 머무는 친구들은 대체로 공무원 또는 직장인이거나 개인 사업을 하고 있다. 네일아트 가게, 카페, 필라테스 강사 등등.

가끔 대구에 내려가서 중고등학교 때의 친구들을 만나면, 친구들은 나를 이해하지 못한다. 결혼하지 않겠다는 내 말을 이해하지 못하고, 내 정치색이 보수적이지 않은 것도 이해하지 못한다. 왜 물가도 집값도 비싼 서울에서 혼자 아등바등 살고 있냐며 나를 안쓰럽게 여긴다. 우리는 서로를 이해하지 못한다. 같은 교복을 입고, 같은 반에서 같은 수업을 듣고 같은 시간을 공유하던 때와 지금은 확연히 다르다. 내가 바라보는 세상과 친구들이 바라보는 세상이, 내가 고민하는 지점과 친구들이 고민하는 지점이 아예 다르다.

보수적인 대구·경북답게 요새 아무리 결혼이 늦는대도 서른 전에는 가야 하는데, 이미 혼기가 꽉 찬 걸 넘어서 결혼하기엔 너무 많은 나이라며 푸념을 늘어놓는 친구들. 결혼한 친구들은 자신에게 희생을 강요하는 시댁 욕과 함께 자신의 첫아이가 아들이라서 얼마나 다행인지를 자랑한다. 시댁에서 첫아이는 무조건 아들이어야 한다고 했는데, 아들을 낳아서 시댁 눈 밖에 나지 않았다고. 시대가 바뀌었는데도, 여전히 답습되고 있는 견고한 것들.

처음엔 슬펐다. 우리가 함께 공감하고 공유하던 학창 시절의 그 감정과 시간이 부정당하는 기분이었다. 하지만 나이를 먹을수록 받아들이게 됐다. 사람은 환경의 영향을 지대하게 받으니까. 그들의 환경은 여전히 가부장적일 뿐이고, 나의 환경은 그 가부장제에 균열을 내는 환경일 뿐이다. 대구 친구들은 여자의 삶에서 결혼을 배제하는 것을 생각조차 해 본 적 없는 환경에서 살고 있을 뿐이다. 주변의 어른들이, 결혼하지 않아도 괜찮단 말보다는 여자 삶의 완성은 결혼을 하고 자식을 낳는 것에 있다고 말하는 환경. 취업난을 걱정하긴 하면서도, 그와 관련한 본질적인 지점을 생각하지 않고 영 취업이 되지 않으면 카페를 차리거나 네일아트 가게, 필라테스장 등을 차리면 된다고도 생각한다.

서울에서 만난 친구들은, 대체로 결혼이 늦거나 뜻이 없다. 그리고 직군도 다양하다. 직장을 다니는 친구, 사업을 하는 친구도 많지만 예술가, 기획자, PD, 인플루언서 등 다채로운 직업을 가졌다. 그래서일까, 사회적으로 대두되는 문제에 대해 제각각 다양한 입장을 갖는다. 하지만 고향 친구들은 사회적으로 큰 문제가 터져도, 그 이면의 구조적인 측면을 헤아리기보다는 모든 게 다 정치 공작이라 생각하고 그냥 넘겨 버리거나 아예 관심을 두지 않는다. 물론, 대구에 사는 모두가 그런 것은 아닐 것이다. 하지만 적어도 내 주변인들은 그렇다.

친구들은 내게 말한다. 왜 그렇게 복잡하게 파고들어? 그냥 쉽게 생각하고 넘어가면 안 돼? 왜 유별나게 결혼을 하지 않는다고 말을 하는 거야? 좀 편하게 살 수 없어? 너, 서울 가더니 변했어. 낯설어.

대구에서 어찌 됐든 살려면, 살아남으려면 대구에서 통용되는 분위기를 받아들일 수밖에 없을 것이다. 그게 편한 방법이니까. 어떠한 의심도 비판도 없이, 이게 맞는 거라 여기는 게 살아가는 데 수월할 것이다. 친구들의 시야는 거기까지인 거다. 그 너머의 시야를, 환경을, 담론을 들어 본 적이 없으니까.

나의 대구 친구들을 탓하려는 게 아니다. 대구 친구들은 한 시절을 함께한 나의 소중한 친구들임이 분명하다. 하지만, 나는 대구를 벗어나 더 큰 세계를 마주했다. 모르면 모르는 채로 살아갈 수 있다. 내가 모르니까, 알 수가 없으니까 그러려니 할 수 있다. 하지만 이미 알고 있는데, 알아 버렸는데 모르는 척 살 수는 없다. 대구 친구들이 생각하는 편한 삶이, 내게는 편한 삶이 아니다. 불편하다. 친구들이 나를 낯설어해도, 내가 변했대도 대구 친구들이 편하다고 여기는 것들이 지금의 내게는 불편함으로 다가오기에 다시 예전의 나로 돌아갈 수 없다.

미안해, 친구들아. 나는 내가 자란 곳을 고향이라 말할 수 없는 이방인이야. 그리운 곳이 아니니까. 불편한 곳이니까. 가 닿을 수 없는, 존재하지 않는 고향을 그리워하는 이방인의 마음으로 적극적으로 불편을 느끼면서, 내가 느낀 불편에 목소리를 내면서 이방인으로 살게.

: 컬러풀 대구

자란 곳을 고향으로 친다면, 어쨌든 내 고향은 '대구·경북'이라고 볼 수 있겠다. 내 기억이 맞다면 내가 대구에 살 때까지만 해도 대구의 슬로건은 '컬러풀 대구'였다. 그런데, 대구가 컬러풀한가? 잘 모르겠다. 나는 대구를 떠올리면 아주 새빨간 붉은색이 떠오른다. 채도, 명도가 높은 빨간색. 내가 그렇게 느끼는 이유를 대구가 매년 '대프리카'라고 불릴 정도로 무더운 여름을 맞는 것에서 찾을 수도 있겠지만, 가장 큰 이유는 정치색에 있다.

나는 아빠를 아주 쏙 빼닮았다. 내가 대학생 때, 아빠는 갑자기 림프암 판정을 받았다. 그때 당시 동생은 고등학생이었고, 축구 선수가 되기 위해 매진하던 때였다. 축구 훈련이 없던 동생을 아빠가 태우러 갔다 차 사고가 났고, 그 사고로 인해 림프암을 발견하게 됐다. 아빠 말로는 기숙사에서 동생을 태우고 집으로 가는 길에, 앞에 갑자기 뭔가가 튀어나와 놀라서 핸들을 꺾었다고. 그런데 하필 그 앞에 주차된 트럭이 있었고, 트럭에 차를 갖다 박은 사고였다. 조수석이 심각하게 찌그러져 차는 결국 폐차할 수밖에 없었다. 심각한 사고였다. 천만다행으로 조수석에 앉아 있던 동생은 의자를 끝까지 뒤로 다 젖히고 자고 있었기에, 눈도 다리도 다치지 않았다. 다만 전신에 유리 파편이 박혀 제거 수술을 세 번 정도 받아야 했다. 죄책감이었을까, 동생의 수술이 다 끝나고 나서야 아빠는 뒤늦게 교통사고 후유증이 있음을 밝혔다. 부랴부랴 병원에 가서 검진을 받는데, 정밀 검진을 받아야 한다는 의사의 말. 정밀 검진 결과는 림프암 4기 말기. 아빠는 그렇게 항암 치료를 시작했다.

항암 치료 도중, 병실에서 아빠는 생일을 맞이하게 됐는데 그 때가 아빠의 마지막 생일일 줄 모르고 나는 신나서 사진을 찍어 댔더랬다. 내가 아빠를 아주 쏙 빼닮았다는 이야기를 하던 와중이 이야기를 하는 건, 다 이유가 있다.

아빠가 돌아가시고 나서 한참 뒤, 은혜라는 친구에게 아빠와 내가 엄청 닮았다며 그 사진을 보여 줬는데 친구가 웃다가 거의 오열을 하는 거다. 친구가 어깨를 들썩이며 "정말 미안한데… 너 정말 아버지를 쏙 빼닮았다. 나 살면서 이렇게 아빠랑 딸 똑같이 생긴 거 처음 봐."라 말하면서. 인정하는 바다. 나도 가끔 거울을 볼 때, 아빠가 거울 속에 있어서 "아빠…?" 하며 거울에 비친 내 얼굴을 더듬어 보니까.

나는 외형만 아빠를 닮은 게 아니다. 성격도, 식성도, 아빠가 가진 특성(내향성 발톱이라든가, 탈모라든가)도, 유전적인 질병(간 수치, 당 수치 등등)도 아빠를 쏙 빼닮았다. 장단점을 아주 쏙 빼닮았다는 건데, 그중에서도 가장 감사한 건 바로 정치에 대한 생각이다.

아빠는 대학교 때 운동권이었다. 아빠는 1968년생으로, 전두환 정권 때 대학 생활을 했다. 우리 아빠는 불의를 참지 못하고, 아닌 것은 아니라고 목소리를 내는 사람이었으니, 운동권이었던 게 어찌 보면 당연한 일. 아빠의 장례식장에서 만난 아빠의 대학교 친구들은 나와 내 친구들을 불러모아 우리 아빠가 대학 시절 얼마나 열렬히 민주화 운동을 했는지 이야기해 주었다. 나와 내 친구들도 아빠의 정신을 이어받았으면 좋겠다는 당부와 함께. 서울에서 대구·경북으로 내려와 살게 된 뒤로, 아빠는 조금 외로웠을 것이다. 외가를 포함하여 그때 당시 대구의 정치색은 온통 한나라당이었으니까.

아직도 생생한 기억이 있다. 제16대 대통령 선거가 있었던 때, 대구·경북은 거의 대부분 이회창을 지지했었다. 우리 아빠 같은 소수 부류만 빼고. 그때까지만 해도 정치에 관심이 없었던 나는 그저 아빠를 따라 뭣도 모르고 개표 방송을 봤었더랬다. 그리고 시간이 흘러 새벽이었던가, 아침이었던가. '노무현 당선'이 TV 화면에 뜨자마자 아빠는 고함을 지르며 나를 껴안고 방방 뛰었다. 나는 그저 아빠가 좋아하니 덩달아 꺅꺅 소리를 질러댔는데, 옆집에서 조용히 하라는 고함과 함께 욕설이 들려왔다. 그날이 여전히 생생한 걸 보면, 내게 강렬한 기억이자 지금도 여전히 어떤 자장을 갖는 지점인가 보다.

이에 반해 우리 엄마는, 경상도에서 나고 자란 토박이였다. 정치색은 당연히 아빠와 반대였는데, 외가가 전부 그랬다. 어느 정도였냐면 엄마의 언니, 그러니까 내게는 큰이모인데, 나의 큰이모 이름은 '박정희'다. 박근혜가 대통령에 출마했던 시절, 대통령 선거에서 누굴 찍을 거냐는 나의 물음에 이모는 "이모 이름을 봐. 박정희잖아. 박근혜는 내 딸이야. 당연히 딸 찍어야지!"라고 진지하게 답했었다. 어느 날은 너무 궁금해서 엄마에게 물었다. 엄마는 왜 한나라당, 새누리당, 국민의힘을 찍어? 그러자 돌아온 대답. 글쎄. 깊게 생각해 보진 않았는데? 대구·경북 사람들은 다 거기 찍어. 대구·경북 살면 당연히 거기 찍어야지.

아니, 이 세상에 당연한 게 어딨어? 나는 그 특유의, 아주 오래 전부터 의식 없이 관성적으로 내려온 대구·경북의 '당연함'이 싫었다. 도대체 뭐가 당연한 건데? 왜 그게 당연한 건지 생각해 봤어? 그 당연함 너머를, 바깥을 헤아리고 고찰해 본 적 있어? 머리가 굵어지고 난 뒤 한 명의 개인으로서 정치색이 생긴 뒤, 외가 쪽 사람들에게 물어봤지만 돌아오는 답은 "당연한 거를 당연하다고 하지, 왜 당연하냐고 물으면 할 말 없지."였다.

지긋지긋한 저 당연함. 나는 여전히 선거철이 되면, 엄마와 이모를 비롯한 외가 쪽에 전화를 걸어 "OO당 찍어!"를 외친다. 절대 찍지 않을 것이라는 사실을 알지만, 내게는 이 한마디가 그들 사이에서 통용되는 당연함에 반기를 드는 나름의 행위이자 의식 같은 거다. 그럴 때마다 외할머니는 혀를 떽! 차며 그런 소리 말라고 면박을 주지만, 나는 꿋꿋하게 "OO당 찍어, OO당! 그래야 내가 살아!"라고 외친다. 아빠가 살아 계셨다면, 아마 대구에서 유일한 내 편이 되어 줬을 거다.

아빠의 정치 성향은 진보, 엄마는 보수. 둘은 완전히 상극이었는데, 비단 정치색만 상극인 게 아니었다. 아빠의 종교는 기독교였고, 엄마는 불교였다. 아빠는 따뜻한 봄에 태어났고, 엄마는 아주 추운 겨울에 태어났다. 엄마와 아빠는 그래서 그렇게 서로 부딪힌 걸까? 나는 8월의 한여름에 태어난, 그들의 자식. 내가 둘 사이에 껴 있었을 땐, 조금이나마 컬러풀한 색채를 띠었을까?

하지만 나는, 시뻘건 대구가 너무 싫었다. 당연함에 대한 의심이 없는 대구가 싫었다. 나는 몸에 열이 많은 사람이다. 8월 한여름에 태어나서 그런가, 더위에 취약이고 내 사주의 일주는 나무지만 나무의 양옆에 불덩어리들이 있어서 화火의 기운이 많은 사람이다. 그래서 빨간색이 싫다. 불은 나무를 다 태워 먹거든.

유년 시절 내내 빨간 정치색으로 물든 고향을 보면서, 속 안에서 뜨거운 게 울컥 치솟기도 했다. 고등학교 때 근현대사 선생님이 전교조라는 이유로 학부모들이 욕하는 것을 보면서, 퀴어인 친구를 두고 우리 교회 목사님이 동성애자는 정신 질환자라고 했다는 소리를 당연하단 듯 지껄이는 동년배 친구를 보면서 나는 좌절하고 또 좌절했다.

여기는 정말 나와 맞질 않구나, 날씨도 정치색도 주변 사람들도 온통 시뻘건 것밖에 없구나. 대학은 무조건 타 지역으로 가야지. 이 새빨간 단색으로 채워진 대구라는 도시를, 고향이라면 고향인 이곳을 떠나야지 다짐했다.

글을 쓰고 나서 보니 대구를 너무 치우치게 썼나 싶지만, 오롯이 내가 겪은 나의 이야기를 쓴 것임을 알아 주었으면 한다. 일반화하는 것이 아닌, 내가 경험하고 겪은 이야기와 감정을 풀어 쓴 것이니 혹여나 읽으며 불쾌한 분이 있다면 심심한 사과를 올린다.

대구에서 벗어난 지 10년이 훌쩍 넘은 지금, 내 삶은 그 어느 때보다 컬러풀하다. 그리고 내 삶이 컬러풀하려면 빨간색, 파란색, 노란색, 초록색, 보라색 등등의 색이 불가피하게 필요하다는 것도 알았다. 나와 반대되는, 혹은 결이 다른 색이 있어야 내가 가진 색을 더욱 뚜렷하고 명징하게 인지할 수 있다는 것. 오정반합. 정이라는 하나의 의견과 그에 반대하는 반의 입장, 그리고 대립되는 의견이 합을 이뤄 가는 과정을 통해 동그라미라는 공동체를 이루게 된다는 뜻을 내포한 말. 정과 반을 두루 살피고, 각자의 입장에서 건강한 이야기를 나누고, 합을 향해 나아가는 것. 컬러풀한 삶을 위해 필요한 지점이다.

[윤채 댓글]

나도 경상도니까 진보적인 당은 안 찍는다, 이 말 정말 바보 같은 얘기라고 생각해. 그런데 그런 말이 있어서 편하게 투표하는 사람도 많을 것 같아. 고민할 필요가 없잖아. 투표 시즌마다 공약 찾아보고 토론 방송을 시청하고, 그런 일들 사실 얼마나 귀찮니? 민주 시민이라면 투표해야 한다고 배웠지만 그 과정은 너무 귀찮아. 어디서 많이 들었던 대로, 주변 분위기 따라서 그냥 찍으면 투표했다는 기분은 나니까 가성비 되게 좋잖아. 어쩔 땐 내가 유난스럽다고 느껴질 때가 있어. 엄청나게 생각이 깊은 것도 아니고 딱히 깨어 있는 사람도 아닌 내가, 고향에서 보수 정당을 지지하지 않는다고 하면 '철이 없다' '그러면 빨갱이를 응원하냐' '종북 당이라도 좋아하냐' '경상도가 그러면 안 되지'라는 질타를 들어. 심하면 목소리도 커지지. 어쩜 그렇게 공고한 악습의 현장이 있을까? 그저 신기해.

너도 그렇고 나도 그렇고, 그런 당연함의 분위기를 참지 못해 더더욱 반항적인 마음으로 살아온 것일 테지. 알잖아. 반대로 사는 사람이 세상에서 가장 외로운 거. 정치와 역사 이야기만 나오면 집안이 뒤집어질 정도로 싸우는데, 엄마 아빠를 이해시키겠다는 목표도 없어. 이해해 줄 거라는 기대도 없어. 악을 쓰고 소리칠 때마다 속이 시원하긴커녕 한없이 외로워지기만 해. 나는 순종적으로 살 수 없는 사람인데, 그렇게 살지 않는 내가 이상한 거래. 내가 대학교에서 잘못 배워서 나쁜 사상에 물든 거래. 80년대가 배경인 영화에서 나올 법한 말을 들었다니까.

그렇게 공고한 사회니까 친구들과 멀어지는 것도 자연스러운 수순이야. 나도 어릴 땐 의심만 해 보았지 깨달은 적은 없었으니까. 만약 타지 생활을 하지 않았다면, 그래서 다양한 사람을 만나지 않았다면 끝까지 의심해 보지도 않고 그냥 살았을 걸. 그러고 보니 우린 서울에서도 이방인이고 고향에서도 이방인이구나. 서울이 힘들어서 고향에 내려가면 그 진부함 때문에 일주일 만에 질리는데, 참 편한 곳이 없네. 어떤 마음을 먹어야 물리적으로도, 심적으로도 정착할 수 있을까?

고향

: 윤채의 이야기

: 타노스 내한 소취

지은과 나의 공통점은 성격이 급하다는 거다.

우리가 다닌 회사는 공공 도서관 한구석에 위치해 있었다. 월요일 휴관일을 제외하곤, 이 도서관은 언제나 사람이 많았다. 그에 비해 이용할 수 있는 엘리베이터는 두 대뿐이라 출퇴근을 할 때마다 인내심 테스트를 거쳐야 했다. 만원 엘리베이터를 타고 내릴 때면 지은과 나는 낮게 욕을 읊조리며 "인간 너무 많다. 타노스 빨리 내한해야 한다."고 말하곤 했다. 짧게 설명하자면 타노스란 세상의 균형을 맞춘답시고 생명체의 절반을 날려 버리려고 하는 악당의 이름이다. 타노스가 내한해야 한다는 말은, 우리나라 어딜 가든 사람이 너무 많아서 스트레스 받으니 우리의 도덕심을 해치지 않으면서 인간의 반절을 없애 널찍한 삶을 즐기고 싶다는 거다. 혹여 우리가 없어진다 해도 상관없다. 고통 없이 죽는 일도 복이니까. 그러니 타노스 내한 소취(소원 성취).

내가 이런 극단적인 생각을 갖고 있다는 사실에 놀랄 사람들이 보인다. 하지만 우리 세대에서는 지극히 자연스러운 일이라 말하고 싶다. 백두산 폭발이 예견된다는 뉴스에 걱정보다는 '다 같이 죽으면 개이득이지'라고 생각하는 친구들이 많은 게 현실이다. 그건 사는 게 너무 힘들어서 다 포기하고 싶은데, 스스로 죽고 싶은 정도는 아니고, 그래서 어떻게든 잘 살긴 해야 하는데, 아무튼 너무 힘들고 팍팍하니 자연재해의 도움이라도 받아야겠다는 절박함에서 오는 소망이다. 지은과 내가 타노스를 찾는 것처럼 말이다.

지은이는 백두산 소식을 보곤 맥시멀리스트답게 구호 물품과 비상 식량을 사 두었다. 특별히 살아남기 위해서 샀다기보단 혹시라도 살았을 때를 대비해 사 두는 거라고 했다. 맞는 말이다. 재난 상황에서 가장 고통받는 사람은 죽은 사람보단 모든 지옥을 다 지켜보아야 하는 산 사람이니까, 잘 먹기라도 해야 한다.

그만큼 사람이 많다는 건 지옥이나 다름없다. 그런데 자꾸 언론에선 출생률을 걱정한다. 있는 사람들도 제대로 못 챙겨서 허탈하게 죽게 만들면서 왜 낳으라고 하는 건지 모르겠지만, 뭐 고령화 문제가 국가 구조에 큰 타격을 준다는 건 이해하는 바이다. 나도 지은도 착실히 고령화 문제에 일조하고 있다. 아마 진짜 고령이 될 때까지도 우리는 여전할 거다. 타노스 내한 소취를 바라면서.

: 대체 어딜 봐서 인구 절벽이지?

어딜 가나 사람이 많은데 어딜 봐서 인구 절벽일까? 경상남도 진주 출신인 나는 학창 시절에도 사람이 너무 많다는 생각을 하고 살았다. 등하교 버스에서도, 학원에서도, 지역 축제에서도 인파에 휩쓸리며 살았다. 그런데 서울에 올라오니 더 많다. 사실상 섬나라나 다름없는 이 좁은 땅덩어리에 왜 이렇게 사람이 많은 거야?

그런데 학교에는 사람이 없다고 한다. 내가 졸업한 초등학교를 포털 사이트에 검색해 보니 전교생 수가 468명이라고 한다. 한 학년당 468명이 아니라, 전교생 수가. 내가 다닐 땐 한 학급당 40명씩 10개 반까지 있었으니 468명이란 숫자는 동급생 수를 의미했다. 격세지감이라곤 하지만 차이가 너무 많이 나니까 소름이 돋았다. 인구 절벽이라는 말이 무슨 의미인지 몰랐는데 제대로 실감했다. 그 정도면 절반도 아니고 반의반의 반 정도 아닌가. 놀라움과 동시에 든 생각은 '학교 다니긴 쾌적하겠다'였다.

그도 그럴 것이 내가 중학교에 다닐 땐 동급생 수가 유난히 많았어서 13반까지 증설되었다. 다른 학년은 10반까지였는데, 92년생이 유독 많았기 때문인지 뭔지 그렇게 된 연유는 잘 모르겠다. 어쨌든 내 기억에 학교는 언제나 사람으로 꽉 차 있고 정신없으며 그만큼 경쟁도 심한 곳이었다. 점심시간엔 자리가 없어 식판을 들고 운동장으로 나가 밥을 먹었다. 케어해야 하는 학생이 많으니 선생들은 항상 예민했다. 비행기 좌석처럼 1분단과 3분단은 두 줄, 2분단은 세 줄로 다닥다닥 붙어 앉아야 학생들이 모두 앉을 수 있었다. 그렇게 해도 교실의 뒷 공간은 좁았다. 그 좁은 공간에서 아이돌 춤을 따라 추거나 공용 거울에 붙어 서서 고데기로 서로의 머리를 해 주고, 가끔 공기놀이를 했다. 그렇게 머릿수가 많은데도 모두의 목표는 하나였다. 고등학교 진학. 그곳에 뜻이 없다면 아이들 사이에서도 특이한 아이로 분류되었다. 나는 무난한 아이였기 때문에 당연히 고등학교 진학을 염두에 두고 있었다.

중학교의 시절을 떠올려 볼까. 같은 재단 산하에 있는 다른 학교 두 곳과 운동장이나 급식실, 체육관을 공유해서 어딜 가나 좁고 불편했다. 따돌림 당했던 기억도 있고 선생 중에서도 의지할 사람이 없었으므로 좋은 추억이 많이 없다. 시험 평균이 낮은 학생이라면 인사도 받아 주지 않는 선생이 있었고, 자기 앞에서 까분다는 이유로 학생의 뺨을 풀 스윙으로 때리는 남자 선생도 있었다. 수업 시간 중간에 학생들을 보며 발기하던 선생도 있었다.

지금의 나였으면 당연히 문제 삼았을 일인데 어렸을 땐 이상하다고만 생각했지 잘못됐다고 생각하지 못했다. 그래도 고등학교에는 그런 몰상식한 경우가 그다지 없었다. 오히려 고등학교 시절은 나에게 가장 기분 좋은 추억이다. 영화·드라마 촬영지로 쓰일 정도로 예쁜 캠퍼스에, 마음 잘 맞는 친구들까지. 거기다 성적도 나쁘지 않았고. 그래서인지 그 시절의 기억을 떠올리면 대체로 날씨가 좋다. 그래, 고등학교 시절이 좋았다. 물론 내 개인적 견해에 기대어 하는 말이니 내가 모르는 실상이 있었을 수도 있다. 어쨌든 나는 아름다운 캠퍼스를 만끽하며 성적은 그

럭저럭에, 교우 관계도 나쁘지 않은 정도로 고등학교 시절을 보냈다.

나는 대학교에 가기 위해 꽤 열심히 공부했다. 라떼 이야기를 안 할 수가 없는 게, 요즘 00년대생과 비교할 때 가장 큰 차이점을 느끼는 게 바로 대학이다. 가고 싶어도 경쟁률이 너무 세서 꿈도 꾸지 못했던 지방 국립대들이 요즘엔 학생 수 미달로 인해 입결이 점점 낮아지고 있다는 걸 들으면서 10년 늦게 태어났어야 했다는 생각을 했다. 특히나 내가 고3 현역으로 수능을 치를 땐 역대 최고로 많은 응시생과 함께해야 했는데, 말 그대로 박 터지는 대입 싸움이었다. 그 당시 친구들과 했던 대화가 기억난다. 우리가 베이비 붐 세대라서 경쟁이 센 거라고. 당시 베이비 붐이라는 말을 처음 들었던 나는 그제야 왜 이렇게 세상에 인간들이 많은지 조금 이해할 수 있었다.

우리 세대를 칭하는 좀 더 정확한 명칭은 에코 세대echo generation라고 한다. 베이비 붐 세대가 고성장 시대의 풍족한 생활에 힘입어 자녀를 낳으면서 메아리처럼 출생률이 돌아왔다고 하여 붙은 이름이다. 다른 이름으로는 밀레니얼 세대millennial generation가 있다. 나는 에코라는 이름이 더 마음에 든다. 돌아온 아이들. 아주 많은 아이들이 취업난과 주거난, 저소득과 인구 절벽이라는 사회 병폐와 함께 속속 집으로 돌아가고 있지 않나. 나 역시 상황이 따라 준다면 부모님의 집으로 다시 들어가고 싶다. 세상의 어르신들이 알려 준 사회적 루틴대로 살려면 혼자 힘으로는 역부족이기 때문이다. 고등학교 선생님들이 하라는 대로 대학에 왔고 그 다음 퀘스트인 취업을 수행 중인데 그다음으로 넘어가기가 쉽지 않다. 그래서 생활이라도 안정시키고 싶어서 고향으로 돌아가는 상상을 하곤 한다.

그런데, 고향이 텅 비었다. 그 많던 친구들은 일자리를 찾아서 전국으로 흩어졌다. 그나마 공무원을 선택한 친구들이 진주에 남았다. 시청이나 구청 직원, 교사 같은 직군이다. 그렇지 않으면 자영업인데 디자이너나 작곡, 출판사 편집자 등등 다방면에서 일하는 서울 친구들과는 확연하게 다른 모습이었다. 그나마 한국토지주택공사가 진주로 이전한 덕에 새로운 일자리가 생기긴 했지만, 여전히 일자리와 급여는 적고 직무도 다양하지 않다.

진주뿐만이 아니라 다른 지방도 마찬가지일 것이다. 안정적으로 일할 방법은 공무원과 자영업 말고는 거의 없는 수준이다. 서울에서 자취하며 쓰는 돈을 생각하면 지방에 있는 회사를 다니는 게 훨씬 이득이겠지만 본래 통장에 꽂히는 돈이 곧 성취감이 되는 법. 그걸 충족하지 못하니 둥지를 떠날 수밖에.

결국 서울, 경기도에서 살 수밖에 없는 이유를 사회가 방치하고 있는 거다. 청년이 없으니 아이들도 사라져 가고, 그 외의 인프라에서도 나의 고향은 경쟁력이 없다. 이러니 모교 전교생 수가 468명이지. 어른들은 저출생률의 원인을 청년들이 아이를 안 낳기 때문이라 하지만 솔직히 생활의 여유가 되는 친구들은 무탈히 결혼과 육아를 수행하고 있다. 단란한 가정 속에서 자신의 유전자를 가진 아이를 보고 싶어 하는 사람은, 여유만 된다면 그 과업을 하지 않을 이유가 없다. 동감한다. 연애를 안 하는 나조차도 내 아이는 키워 보고 싶은걸. 다만 그 삶에 뛰어들었을 때 펼쳐질 불지옥이 뻔히 보여서 거부하는 것이다. 경력 단절은 물론이고 소아과도 사라져 가는 이 사회에서 어떻게 '나라의 미래'를 위해 임신을 하겠냐고. 그러니까, 이 나라가 내 아이를, 내 가정을 위한 준비를 해 놓지 않은 거다.

: 경상도라면 무조건! 보수지!

고향에 대한 이야기를 좀 더 해 보고 싶다. 내 유년 시절, 나의 자아가 무럭무럭 성장하던 시기 나에게 많은 영향을 주었던 터전이니까.

나는 경상도의 보수적이고 폐쇄적인 분위기를 싫어했다. 특히 진주는 남녀 공학 학교가 지극히 소수이고 여자/남자 학교로 나눠져 있는 게 일반적이다. 나는 남녀가 같은 학교에 다니는 건 드라마와 영화에서나 가능한 일이라 생각했다. 내 현실에는 여중·여고밖에 없으니 말이다. 진학을 희망하는 학교가 남녀 공학이라면 '남자 친구 사귀고 싶어서 가는 것'이라 여겨졌고, 꼭 해명해야 했다. 남녀칠세부동석. 그게 도시의 목표인 것 같았다. 거기다가 나는 왜 여자 학교만 '여자' 중학교, '여자' 고등학교라 불리는지도 이해할 수 없었다.

뿐만 아니라 정치적인 성향도 얼마나 답답한지. 내 눈엔 그저 보수라는 이름으로 포장된 썩은 물 같은데 진보적인 사람을 무조건 뀐('운동권'에서 따온 '뀐'이라는 말은 독단적인 신념에 갇혀 있는 사람들을 통칭한다.) 취급하니, 그게 참 시대착오적으로 보였다. 그리고 "경상도라면 당연히 한나라당이지!"라는 태도도 한심해 보였다. 경상도가 뭐라고, 그게 뭐 그리 대단한 자랑이라고.

고등학생 시절 어느 날, 아빠가 운전 도중 뒷 좌석에 탄 내게 진보와 보수 중 어느 쪽이냐 물은 적이 있었다. 나는 그때도 지금처럼 세상은 '계속' 변해야만 발전한다 생각했기 때문에, 세상을 바꾸려는 성향이 진보라면 나는 진보라 말하겠다고 답했다. 아빠가 이 대화를 기억할진 모르겠다. 내 대답에 반문을 했던 것 같은데 정확한 내용은 기억나지 않는다. 다만 나를 굉장히 안타까워했던 말투는 기억한다. 그도 그럴 것이 진주에서 나 같은 성향이 자연 발생하는 현상은 흔하지 않다. 평생 보고 배우는 사상이 '경상도면 한나라당이지!'라서 그렇다. 여기서 한나라당은 곧 보수를 의미한다. 이 말을 체화하다 보면 '경상도 사람이라면 당연히 보수적이어야 한다'는 결괏값이 머릿속에 새겨진다. 다시 말해 세뇌의 형식이다.

고백하자면 나는 대학 입학 후에도 몇 년간 이 세뇌에서 자유롭지 못했다. 대선이나 총선이라면 몰라도 지방 선거에선 꼭 보수 정당에 투표했다. 다른 정당을 찍어 봤자 사표死票일 것이 뻔했기 때문이다. 어떤 후보인지 이름도 모르면서 투표하고는, 제법 경상도 사람다운 행동이라며 나를 다독였다.

그래서인지 나는 술자리에서 정치 얘기가 나올 때마다 "정치에 관심 없다"라고 대답하곤 했다. 웃기는 태도였다. 맹목적인 고향 사람들을 한심하게 바라보면서, 아빠에겐 단호하게 진보라 말하겠다 대답했으면서, 정작 많은 사람들 앞에선 회색 지대에 숨어 버리곤 했다. '나는 보수 정당을 지지하지 않는다'며 정치관을 드러내는 게 나에겐 너무 급진적인 행동이었기 때문이다.

이도 저도 아닌 태도에는 나름의 이유가 있었다. 청소년기 내내 뉴스만 틀면 국회에선 싸움판이 벌어지고 있었다. 말 그대로, 멱살을 잡고 무력을 행사하는 싸움판이었다. 의사봉을 두드리지 못하게 무리를 지어 회의 진행을 막고 있었고, 어떤 이들은 목 놓아 울고 있었다. 무서웠다. 탄핵의 뜻을 몰라서 총알과 핵을 일컫는 말인가 싶었다. 왜 싸우는지, 왜 그래야 했는지 설명해 주는 어른도 없었고 그저 "대통령이 일을 못해서 그렇다. 저러니까 운동권한테 권력을 주면 나라 망한다."는 말만 들렸다. 건강한 정치가 어떤 모습인지 깨닫을 새도 없이, 어른들이 부끄러움도 없이 보여 주는 병든 정치만을 뇌리에 각인시켰다. 그래서 진보 정당을 지지한다고 표명하면 나도 언젠가 뉴스에 나온 의원들처럼 격식과 체면이 없는 사람이 될 것 같았다. 일 못하는 사람을 지지하는 것 같기도 했다. 이 카오스 속에서 내 선택지는 "나는 정치에 관심 없다"고 말하며 한 발 빼는 것뿐이었다.

: 근데, 진보는 뭐고 보수는 뭔데?

나의 사고방식에 균열이 가기 시작한 건 18대 대통령 선거 때였다.

나는 어차피 청소년기 내내 '경상도는 보수'라고 귀에 딱지가 들어앉게 들은 사람이니 (그 당시) 여당에 투표하는 것에 거부감이 없었다. 18대 대선이 내 생애 첫 대통령 선거였는데, 후보만 괜찮다면 어떤 정당이든 투표하겠다는 마음이었다. 그런데 후보로 나온 사람을 보고 경악했다. 분명 무력으로 시민을 제압하던 시절이 얼마 지나지 않았는데, 그 시절 가장 안전하게 많은 특혜를 누렸던 사람이 대통령 후보로 나온다는 게 이해가 안 갔다. 그럼 그 사람이 정치를 잘 아는가? 절대 아니었다. 토론회라도 한다 치면 웃긴 짤(인터넷상의 사진이나 영상)만 생성됐다. 언변이 뛰어나지도 않았고, 자기 공약에 대해 깊이 이해하지도 않는 듯했다. 여러모로 왜 저 사람에게 투표해야 하는지 알 수 없었지만 지지율은 가장 높았다.

너무 혼란스러웠다. 반장 선거도 아니고 대통령인데, 국민을 위해서 일할 사람인지 자격이 있는지 고려해야 하는 것 아닌가? 고려한다면 대충 보아도 자질이 부족해 보이지 않나?

다시, '경상도라면 한나라당이지'와 같은 기준이 얼마나 무섭고 비합리적인지 실감하는 순간이었다. 절망스러웠다. 객관적으로 보기만 한다면 어떤 후보가 자질이 부족한지, 어떤 후보가 그래도 능력이 있는지 알 수 있었을 거다. 그러나 높은 지지율은 다름 아닌 소속 정당의 영향을 받은 것이었고, 후보의 아버지를 여전히 추앙하는 사람들이 내보인 무조건적 내리사랑에서 나온 거였다. '경상도는 보수지!' '어린 나이에 부친을 잃었으니 불쌍하다. 그러니까 찍어 줘야지.' '후보가 못 미덥긴 해도 종북 세

력보단 낫지.' 이런 비주체적이고 기계적인 인식이 거대하다는 사실을 그때야 알게 됐다.

그리고 모든 선거는 그 무비판적 인식을 얼마나 잘 활용하느냐의 싸움이었다. 이 싸움에서 가장 효과적인 불쏘시개는 주로 혐오였다. 유구한 역사 내내 이 한국 사회는 혐오를 기반으로 움직여 왔다. 처음엔 동족 혐오, 이후엔 지역 혐오, 지금은 약자 혐오. 빨갱이 척결을 외치던 사람들은 이제 여성가족부 폐지에 동조하며 결집한다.

이 기이한 현상에서 가장 큰 함정은 여당과 제1 야당이 보수와 진보의 대체어라 여겨진다는 거다. 나는 진보적 성향이긴 해도 제1 야당 지지자는 아니었다. 물론 그쪽에 투표를 자주 하긴 했지만, 정치계 미투 이후로는 어느 표도 주지 않았다. 범죄를 저지른 사람에게 실망해서가 아니라 그 사안에 대응하는 당의 방식이 실망스러웠기 때문이다. 뿐만 아니라 비슷한 시기에 벌어진 모든 여성 이슈를 미적지근하게 대하는 것도 못마땅했다.

지은과 나는 20대 대선 이후로 서로의 견해를 자주 공유했다. 서울시장 보궐 선거 때 지은에게는 말하지 못했지만 나는 소수 정당에 투표했다. 어느 쪽에도 표를 주기 싫다는 마음이었고, 그 당시 여당에게 경종을 울리고 싶은 마음도 있었다. 왜냐면 그들은 여성 이슈뿐만이 아니라 모든 사회적 사안에서 미적지근했기 때문이다. 적어도 표심을 책임지는 명확한 한 가지는 수행했어야 하는데, 무엇이 있었나 생각해 보면 답하기가 곤란하다. 안타깝고 불공평하다는 건 알지만 표심을 깨뜨린 사건들만 강렬하게 기억에 남는다. 법무부 장관의 가족 논란이나 서울시장의 미투에 대응하는 방식, 그리고 부동산 실책 같은 것들 말이다.

내가 생각했을 때 이 사건의 공통점은 모두 수뇌부에서 너무 여론의 간을 봤다는 거다. 어떠한 입장도 명확히 내세우지 않고 빙빙 둘러 대응하다가 어느 쪽의 마음도 얻지 못했다. 페미니즘의 문제만 봐도 한쪽에선 반反 페미 정당, 다른 한쪽에선 꼴페미 정당이라고 불리지 않나. 나 역시 노선을 확실하게 정하지 않는다는 점에 실망하여서 잠시 등을 돌렸다. 20대 대선 때도 끝까지 요지부동으로 소수 정당에 투표할 예정이었다. 어느 날 지은이 내게 어느 청년 활동가의 영입 소식을 알리지 않았다면 나는 끝까지 그랬을 거다.

다시 말해서 나의 지향점은 진보에 가까우나 진보 정당을 믿진 못하겠다. 제1 야당뿐 아니라 그 외 소수의 진보 정당들 모두. 당비까지 내던 곳은 마지막의 마지막까지 소생 불가능한 모습만 보여서 탈당했다.

지금도 나는 불확실하기만 하다. 이 사회적 카오스 속에서 어떤 방향으로 가야 할지 모르겠다. 고향 어른들처럼 살기엔 내가 괴롭다. 그 반대 진영을 따르기엔 못 미덥다. 모 아니면 도밖에 없는 환경에서, 다른 선택지가 없는 느낌이다. 모와 도 둘 다 싫은 사람의 의견도 주요하게 작용하면 좋겠는데. 선거 기간마다 1번과 2번이 아니면 사표死票가 된다는 게 긍정적으로 보이진 않는다. 언론도 이 갈등에 합세하여 당파 간의 싸움만 보도하고, 국민 간의 싸움을 부추기고, 국민과 정치의 사이는 멀어지게 만들기만 해서 참 허탈하다.

[지은 댓글]

윤채야, 나는 이 세상에 존재할 수 없는 단어를 꼽으라면 '중립'을 꼽을 거야. 작게는 우리의 일상부터, 크게는 정치까지. 작든 크든 반드시 우리는 어떠한 선택이든 해야 하잖아. 선택을 하려면 마음이 어느 한쪽으로 조금이나마 더 쏠리기 마련인데, 나는 이 과정 속에서 중립은 없다고 생각하거든. 그리고 네가 잠깐이나마 숨어들었던 '회색 지대', 그 '회색 지대'의 사람들이 숨을 때 내세울 수 있는 단어 중 하나가 '중립'이라 생각해.

너와 나는 사실 회색의 사람이 아니잖아. 우리는 호불호가 뚜렷하고, 매사 어디에 뜻을 두고 마음을 쏟는지에 대해서 명확히 인지하려고 하잖아. 그에 따른 가치 판단도 늘 하면서, 내가 너무 한쪽으로 치우쳐져 있는 것은 아닌지 되돌아보기도 하면서. 지금 생각하고 있는 것, 인지하고 있는 것, 문제의식에 대한 견해들 같은 것을 이야기하며 의견을 공유할 수 있는 너라는 친구가 내게 있다는 게 참 좋아. 내가 건강한 사고를 할 수 있는 이유라고 생각해. 너랑 내가 같은 경상도 출신인 것, 너무나 한쪽으로 치우쳐진 배경에서도 균형감 있는 사고와 시야를 가질 수 있는 것은 '중립'이라는 단어의 불가능성을 알고 있기 때문이야. 그래서 나는 너와 내가 어떠한 이슈에서건, 정치에서건, 가치에서건 중립적인 태도가 아닌 것이 감사해.

우리가 고향에서 산 기간보다, 고향을 떠나 산 시간이 더 길어지고 있다는 거 알아? 가끔 고향이 주는 편안함과 안락함에 기대고 싶다가도, 우리는 이내 고개를 젓지. 인프라와, 환경과, 기회가 고향보다는 서울이 훨씬 풍부하니까. 우리나라를 균형 있게 발전시키는 게 가능할까? 이미 수도권에 모든 게 몰리고 몰렸는데, 고향에 머무는 내 친구들은 갈수록 점점 줄어드는데, 우리가 다시 고향으로 되돌아갈 수 있을까? 아마, 한동안은 어려울 거야. 고향으로 돌아갈 수 있는 때는 아마도 우리가 서울에서 성공을 이뤄 어느 정도 먹고살 만한 상태를 갖춘 뒤, 편하게 쉬고자 할 때, 노년을 쉬면서 천천히 보내고 싶을 때, 그때가 되어서야 고향으로 돌아가 볼까, 하는 생각을 할지도 모르지. 하지만 그때는 우리가 늙고 병들어서 손 뻗으면 닿는 거리에 대형 병원의 유무가 중요해질 테고, 그래서 또 쉬이 수도권을 떠날 수 없을지도 몰라.

우리는 미래에 어디에 터를 잡고 눌러앉을까? 어디에 있든, 나는 고향처럼 늘 든든하게 내 뒤를 받쳐 주고 있는, 내 곁에 있어 주는 너를 마음의 고향으로 삼겠지. 앞으로도 계속 함께 잘 늙어 가 보자, 윤채야.

우리는 이제 더 마음이 상하기 전에, 별생각 없이 설거지할 컵들을 계속 만들어대는 그들에게 빨리 이 말을 해야만 한다. 물론 말을 한다고 뭐가 달라진다는 보장은 없지만. 속이라도 시원할 테니까.

"네가 쓴 컵은 네가 씻어."

– 미지 에세이 「네 컵은 네가 씻어」 中
(『네 컵은 네가 씻어』, 2018)

5. 여성

당연하다고 여기는 것들에 반기를 들자

여성

: 윤채의 이야기

: 하나부터 열까지 안 맞아도 내 마음의 안식처 '진주'

진주는 진주성과 남강을 중심으로 깔끔한 도시 미관이 아름답게 어우러지는 곳이다. 날씨는 대체적으로 온화하고 사람들은 여유로워 평화롭다는 말이 참 어울린다. 특히 개천절을 맞아 열리는 개천예술제는 전국적으로 큰 행사여서 이 기간엔 도시 전체가 축제 분위기다. 그리고 정월대보름이 되면 동네마다 달집 태우기를 하며 화합을 기원할 줄도 안다. 나의 고향이라서 좋은 것도 있지만 적당히 즐기면서 살 수 있는 분위기가 있어 서울살이가 힘들 때 내려가면 위안을 받곤 한다. 그래서 진주는 내 마음의 안식처다. 동시에, 나와 안 맞는 게 너무 많다.

진주에 열흘 정도 있으면 더할 나위 없이 좋다. 열흘 이후부터는 슬슬 답답해진다. 사람들을 많이 만날수록 가치관이 너무 다르다는 걸 체감하기 때문이다. 그것은 개인 대 개인의 문제가 아니라 구조적인 차원에서 비롯된다.

언젠가 90년대 댄스 음악이 나오는 클럽 같은 술집에 간 적이 있다. 처음 문을 열고 들어갔을 때 나를 놀라게 했던 건 벽 여기저기 붙은 안내문이었다. 정확한 문구는 기억나지 않는데, 기억을 떠올리자면 대충 "여성이 합석을 거절하면 거절입니다. 계속해서 요구하며 난동을 부리면 퇴장시킵니다."는 식의 내용이었다. 서울에서도 비슷한 술집에 가 본 적이 있는데, 그러한 안내문은 본 적이 없었다. 대개 합석을 거절하면 금방 돌아섰기 때문이다. 그런데 어찌 된 일인지 진주에선 그런 당연한 행동을 여러 장의 안내문으로 공지까지 하고 있었던 것이다. 그러고는 얼마 지나지 않아 그 이유를 직접 체험하게 됐다.

한 남자가 합석을 요구해 오기에 거절했는데, 도무지 말을 듣지 않았다. 술에 취해 발음도 꼬이는 상태였고 점점 언성까지 높아져 무서웠다. 다행히 직원을 부르기 전에 상황은 마무리됐지만, 그 남자가 끝이 아니었다. 그다음에 다가온 남자는 손목을 낚아채곤 나를 자리에서 일으키려고 했다. 모든 게 당황스러웠다. 그런데 더 당황스러운 것은 이 상황이 익숙해 보이는 나의 일행이었다.

다 내가 마음에 들어서 그런 거라고 말했다. 어떤 이들은 그 술집에 간 게 합석을 하겠다는 뜻 아니냐며 거절하는 내가 이상하다 생각할 수도 있다. 혹은 애초에 안 가면 될 일인데 왜 갔냐고도 할 수 있다. 그날 집요하게 따라오던 그 남자들도 같은 생각이었을 거다. 그러나 그 생각은, 그저 신나는 노래를 들으며 놀고 싶었을 뿐인 나와 친구들을 매도해 버리는 폭력이다. 거기다 '우린 그러려고 간 게 아니에요.'라며 의미 없는 해명에 몰아넣기까지 한다. 어떻게 받아들여야 할지 혼란스러운 와중에 일행은 무엇이 문제인지 모르겠다는 표정으로 나를 바라봤다.

다음 날에는 이런 일도 있었다. 같이 길을 걷던 친구가 어떤 남자를 보곤 인사를 건넸다. 오랜만에 만난 사이 같았다. 그런데 남자가 갑자기 내 친구에게 주먹을 보이며 때리려는 시늉을 하는 게 아닌가. 알고 보니 반가워서 나온 행동이었다고 한다. 반가움의 표시라고 생각하기엔 전날 겪었던 폭력적인 상황이 겹쳐 보여 가볍게 볼 수가 없었다. 저 행동이 위협이 아니라 친밀함의 증명이라고? 어떻게 그럴 수가 있지?

그 시기 진주에서 내 머릿속은 온통 물음표로 가득 차 있었다. 어떤 남자는 결혼을 약속한 여자 옆에서 아내가 바람을 피우면 개 패듯이 팰 것이라며 신나게 말했다. 이걸 그냥 듣고 있다고? 재가 지금 하는 말이 무슨 의미인지 몰라? 너넨 괜찮아? 조심스럽게 의견을 물으면 돌아오는 대답은 '아, 개가 원래 좀 그렇다'였다.

이해할 수 없었지만 이해했다. 그곳은 가부장제의 표상으로 불리는 경상도였으니까. 이상하고 잘못된 것 같긴 한데 그걸 인정하기 어려울 때면 '개 원래 좀 그렇다'라는 말 한마디로 모든 문제들이 해결되었다.

: 원래라는 말이

도대체 '원래'의 힘은 무엇인가. 어떤 문제의 원인을 탐색하려 할 때 '원래'라는 말은 모든 성찰의 타래들을 빨아들인다. 원래라는 성벽 안에서 답습한 나쁜 관성이 있다면, 그게 별 문제를 일으키지 않고 유지되어 왔다면, 굳이 변화를 위해 애써야 할까 하는 의문이 들게 한다. "내가 원래 그래" "원래 그렇구나" 하면서. 그렇게 담담하게 원래라는 블랙홀로 우리는 빨려 들어간다. 그러니 '원래'에는 나쁜 힘이 있다.

그래서 나는 의식적으로라도 '원래'라는 단어와 거리를 두려고 한다. 특히 어렸을 때부터 교육받은 가부장적 사고는 여성인 나조차도 여성을 혐오하게 했다. 운전을 이상하게 하는 차가 있으면 당연히 '저 운전자 분명히 여자일 거다'라고 생각했고, 인터넷에서 '여자의 적은 여자다'라는 말이 유행할 땐 무릎을 치면서 공감도 했다. 회사에서 여성이 승진하지 못하는 이유는 '능력이 없'기 때문이라 믿었다. 나는 김치녀나 된장녀가 아니니까, 다른 여성들이 아무리 쉽게 비하되어도 나와는 그저 관계없는 일이었다.

세월과 함께 시대적 사고가 바뀌면서, 나는 과거의 나를 부정하며 살아야만 했다. 그렇지 않으면 도태될 것 같았다. 비판적 사고 없이 여성 혐오를 소비했던 탓에 어느 순간부터는 나도 모르게 '나 혹시 지금 김치녀 같은가? 스타벅스 사진 올렸다고 된장녀라 불리면 어떡하지?'라며 스스로를 검열했다. '아니야. 난 그런 여자 아니야.'라며 넘기려 해도 마음은 늘 찝찝했고, 내 자아나 비전을 가꾸기보단 그저 김치녀가 되지 않기 위해 애썼다.

"나 '원래' 개념 있는 여자거든?" 고작 이 말이 하고 싶어서.

그랬던 시절은 힘들고 의미 없었다. 소라넷과 강남역 살인 사건에 대해 여성 인권에 대한 목소리를 내면 '페미 나치' '꼴페미'가 되는 과정을 목격했기 때문이다. 많은 여성들이 인간이라서, 인간처럼 살고 싶어서, 마음 편히 화장실에 가고 싶으니 강력한 처벌을 요구했고, 여성을 골라 죽인 범죄이기 때문에 '묻지 마 범죄'가 아니라 여성 혐오 범죄라고 주장했지만, 법원 판결이든 정책이든 이 사회에서는 그 목소리를 들어 주지 않았다. 그저 패배의식에서 비롯된 부풀리기 또는 본질 흐리기로 치부되다가 급기야는 남성 혐오적 사고가 되었다.

나는 계속 답답했다. 물이 목까지 차오른 기분이었다. 무조건 수용해 주는 걸 바라진 않았지만 새로운 시대 요구가 나타났음에도 불구하고 온 세상이 필사적으로 모른 척하고 축소하는 전개는 예상 밖이었다. 어떻게 하면 내가 도움이 될 수 있을까, 그런 마음에 할 수 있는 방법을 모두 시도해 봤다. SNS에 내 의견을 쓰고 좋은 기사를 공유하고, 포털 사이트에선 댓글 부대 같은 익명의 사람들과 싸우고, 현실에선 주변 사람들과 토론을 빙자한 말싸움도 서슴지 않았다. 사회적 활동까지 한 건 아니었지만, 이 정도도 내향인에겐 최대치였다.

그런데 시간이 흐를수록 의미 없는 일처럼 느껴졌다. 선심 쓰듯이 내 이야기를 들어 주던 사람도 내가 너무 예민하게 군다며 등을 돌렸고, 어떤 이들은 마치 들으면 안 되는 걸 들었다는 듯이 뒷걸음질 쳤다. 삶에 지치기도 하고 유별난 사람이 되는 것도 싫어서 나는 점점 이 문제를 공개적으로 발언하는 걸 삼갔다. 그리고 그 선택은 내 일상에 꽤 평화를 가져다주었다. '네 신념 따위 내가 제대로 교육해 주지'라는 태도로 시비를 걸어 오는 사람도 없어졌고, 술자리에서 조롱당하는 일도 없어졌다. 화가 나는 댓글을 보아도 휴대폰 화면만 꺼 버리면 그만이었다. 그래. 난 '원래' 누구랑 싸우는 것도 싫어하는데 너무 피곤하게 살았어. 그렇게 결론 내린 이후로는 먹고사는 문제에만 집중했다.

그나마 다시 관심을 가졌던 시기는 '성 인지 감수성gender sensitivity' 논란이 생겼을 때였다. 여성가족부가 성 인지 감수성 교육을 위해 예산을 편성했다는 소식이 돌자 커뮤니티 여론은 그들을 '남혐'가족부로 몰아갔다. 그들은 성 인지 감수성이 남성을 잠재적 범죄자라 규정하는 말이라 믿는 사람들이었다. 하지만 성 인지 감수성의 의미는 성性과 관련한 문제를 감정의 영역을 활용해 인지하고, 불평등의 존재를 얼만큼 민감하게 받아들이는가를 말한다. 절대 남자에게 불리하게 작용하는 관념이 아님에도 이것이 '남혐'적이라고 말하는 사람들의 주장은 이렇다. 성범죄 피해자가 감수성에 호소하여 일관된 진술만 하면 증거가 없어도 무조건 유죄 판결이 내려지는 것. 이 용어는 대한민국을 뒤흔들었던 한 충남도지사의 미투 사건 2심 판결문에 등장하면서 오해와 논란에 휩싸였다.(3) 1심 무죄 판결을 뒤엎으며

(3) "법원이 성폭행 성희롱 사건의 심리를 할 때에는 그 사건이 발생한 맥락에서 성차별 문제를 이해하고 양성평등을 실현할 수 있도록 '성 인

언급된 것이어서 성 인지 감수성은 정말로 '유죄 추정의 원칙'으로 여겨졌다. 그러나 명확한 의미로 바라본다면 해당 판결은 '성폭행 사건은 확실한 증거를 찾기 힘들다는 점을 인정하고, 피해자가 피해자다울 것을 강요하지 않으며, 성별 간 혹은 위계 질서 간의 권력 구조가 유사한 사건에서 강력하게 작용함을 직시하겠다'는 개혁의 시작이었다.

이때 나는 이 사회의 낡은 감수성이 조금이라도 바뀔 줄 알았다. 남성 중심적이고 가부장적인 제도가 변할 거라 기대한 것인데, 그러긴커녕 사상 검열만 더 심해져서 여성 문제의 뒤엔 늘 사이버 폭력과 테러가 따라다녔다. 결국 성 인지 감수성 논란에서 내게 남은 건 이 말을 알게 된 덕분에 스스로 깨달은 불편한 사실들이었다.

여동생만 둔 나는 초등학생 시절, 남동생을 낳지 않는 엄마를 한심하게 생각했다. 친가가 딸 부잣집이어서 할머니는 종종 "아들을 낳아야 하는데……." 하며 근심을 내비쳤다. 그 모습을 보았던 어린 나는 엄마를 할머니의 소망을 들어주지 않는 나쁜 사람이라 여기기 시작했다. 그런 마음을 할머니와 함께 있을 때 입 밖으로 내뱉으며 엄마에 대해 험담 아닌 험담을 하기도 했다. 또한, 명절이나 가족 모임 날 쉬고 있는 엄마와 큰엄마를 언짢게 본 적도 있었고, 성추행을 당한 친구에겐 2차 가해를 할 뻔한 적

지 감수성'을 잃지 않도록 유의하여야 한다."–대법원 판례(2017두74702). 관련 자료는 천관율, 「한국 사회 흔든 '성 인지 감수성'」(《시사IN》, 2019.03.04)을 참고하였다.

도 있었다. 생각만 하고 말로 내뱉지 않아서 다행인 것들.

아무튼 이 경험들 속 깔려 있는 성차별은 너무도 자연스럽고 은근해서 어떤 점이 문제인지 명확하게 짚어낼 수 없다는 것이 가장 큰 문제이다. 의식이 없는 사람은 시작하기도 어려워 대체로 '피해 의식'이라는 말 안에서 축소된다. 그렇기 때문에 성차별 문제에 있어 성 인지 감수성은 '전략적인' 방법이다. 문제 해결을 위해선 이해가 선행되어야 하는데 이 영역은 A to Z의 논리로 명쾌하게 답을 도출할수 없는 영역이기 때문에 감수성을 이용해서라도 접근해 보자는 거다. 성 인지 감수성의 표면적인 의미만으로도 충분히 떠올려 볼 수 있는 부분이었다. 어렴풋한 느낌만 있던 문제가 여섯 글자로 정리되는 느낌이었다. 전혀 생각해 본 적 없던 나의 성 차별을 알게 됐고 그게 왜 없어져야 하는 인식인지 고찰해 보게 되었다. 불평등이 어디에 존재하는지 일부러 찾아보게 된 계기도 되었다. 이렇게 시작된 논란이 사회적인 담론으로 이어질 거라 기대도 했지만, 소모적인 싸움만 계속되었다. 언론은 여전히, 소라넷과 강남역 살인 사건 때처럼 자극적인 포인트만 보도하며 성 인지 감수성의 본질 대신 젠더 갈등에 대한 이야기만 설파했다. 일방적으로 오해받았을 뿐 갈등이랄 것도 없었는데 말이다. 오히려 갈등은 언론과 미디어가 부추기고, 조장하고, 폭파시켰다.

커뮤니티 여론에서 발발하는 잘못된 정보들은 팩트가 되어 갔다. 한번 낙인찍힌 인식은 아무리 정정하려고 해도 바로잡히지 않았다. 남초 사이트 이용자들은 어떻게든 자신들 말이 맞다고 우겼고, 커뮤니티 밖의 일반인들은 마치 귀담아듣는 것만으로도 자신에게 '페미'가 묻을까 봐 무서워했다. 결국 우리 세대에게 아직 남아 있는 성 차별적 인식과 문화에 대해 제대로 이야기해 볼 수 있는 기회가, 성 인지 감수성의 본뜻에 대해 왈가왈부하다가 소강되어 버렸다.

진주에서 칠렐레팔렐레 뛰어다니던 학생에서 이만큼 사고가 변했는데, 그래서 현실과 미래를 향해 바라는 게 참 많은데 누구 하나 들어 줄 어른이 없는 것 같다. 여성 범죄와 사이버불링 cyberbullying은 끝이 없고, 처벌도 여전히 미약하다. 이 사실을 언급하는 것도 무섭고……. 그렇다고 회피해 버리기엔 공허해. 직접 부딪히기엔 아프다. 마음 맞는 친구들과 한탄하고 슬퍼하는 수밖에 없어서 인간관계는 좁아져만 가고, 변화를 체념하는 속도는 빨라지기만 한다. 교육받은 대로 가부장적인 삶에 편승하는 건 이제 죽기보다 싫으니, 그냥 망령처럼 떠도는 수밖에. 그렇게라도 내 내면을 지켜야지. '원래 그런 삶'을 살지 않기 위해서.

: 역대급 비호감 대선? 역대급 국민 바보 만들기 대선

2022년 3월 10일의 모든 순간들을 기억한다.

나와 친구들은 긴 새벽을 지새우고 난 후 아침이 되어서야 펑펑 울었다.

수업 시간 도중 울던 친구도 있었다.

그만큼 참담한 자매들이 많았다.

어떤 어른은 왜 자꾸 나쁜 것만 생각하냐 물었다. 혐오를 앞세워 승리한 정치는 혐오에 정당성을 부여한다는 내 말에 반문한 거였다. 나쁜 일은 피하면 된다고, 나쁜 일을 고려하다 보면 실재가 되니 생각 자체를 하지 말라고. 그러나 강남역에 술 마시러 갔다가 죽은 친구도, 헤어지자 했다가 맞아 죽은 후배도, 집게손 모양을 그렸다는 이유로 남혐 작가로 몰려 일자리를 잃은 일러스트레이터도, 페미니즘 수업을 한다는 이유로 줌 주소가 공개되어 테러를 받은 대학교도, 잠깐의 호기심으로 인해 N번방에 갇힌 아이들도 나쁜 생각을 해서 실제로 겪은 게 아니다. 나쁜 일을 피할 수 있었는데 못 피한 건 더더욱 아니다.

여기서 내가 말하는 혐오란 여성이라서 당한 범죄를 넘어, 피해자를 둘러싸는 갑론을박 모두를 포함하고, 자기에겐 일어나지 않을 것이라 믿는 제3자의 무례와 무지함까지 말한다. 물론 혐오는 추상적이고 모호한 개념이다. 학계에서 제대로 된 의미 정립도 이루어지지 않았다. 그러니 내 기준보다 더 넓은 범주의 혐오 개념이 있다는 것을 미리 밝힌다.

본론으로 돌아와, "여성가족부 폐지"를 주창하는 정당의 대선 전략은 나를 비참하게 만들었다. 여성뿐만 아니라 미혼부나 편부모 가정, 성범죄 피해자(여기엔 남녀 구분이 없다)나 학교 밖 청소년을 지원하는 복지 기관이 대선의 표를 얻기 위해 희생되는 전략 중 하나가 되어 버리는 게 참담했다. 이 때문에 약자나 피해자에게 막대한 예산을 들여서 복지를 주는 게 맞는가, 같은 비윤리적 토론이 벌어져 그들은 원치도 않았는데 도마에 올라야 했다. 또한 혐오를 부추기는 전략은 여성 당사자도 여가부의 정책과 혜택이 본인에게 그다지 필요하지 않았기 때문에 여가부는 없어져도 된다고 말하게 했고, 그게 자신이 죽을 때까지 가질 수 있는 공고한 권력이 아니라 단지 운이 좋았기 때문에, 어쩌다 잘 살아남았기 때문에 얻은 시간이라는 사실을 자각하지 못하게 했다.

또한, 여가부 폐지라는 공략으로 정당화된 혐오 정서가 점점 더 많은 약자를 향해 퍼져 갈 것이란 생각도 하지 못하게 했다. 장애가 '권력'이라 말하는 정치인이 여당 소속인 세상에서 우리는 장애인 복지와 시스템의 발전을 논하는 대신, 장애인 지하철 시위가 폭력인지 아닌지만 들여다보고 있다. 공정과 상식의 정의를 이해하는 대신 나에게 잘 돌아오고, 내가 납득할 수 있는 이득이 뭔지만 계산한다. 결국 예전부터 이어져 온 착취의 시스템이 이제는 상하 구조를 넘어서 같은 계층의 사람들과도 싸우게 만들고 있다. 그리고 씁쓸하게도 그 싸움을 얼마나 교묘하게 잘 부추기는가가 지난 대선의 키워드였다. 그래서 언론에서 주입하는 '비호감 대선'이라는 말이, 나는 '국민 바보 만들기 대선'으로 보였다.

그리고 고백한다. 그 바보가 나였다.

정치계 미투 이후로 크게 실망했던 나는 스스로 회색 지대 속에 들어갔다. 자칭 보수 텃밭에서 나고 자랐지만 현재의 보수 정당은 진짜 보수라 인정하지 않기 때문에 나는 제1 야당을 지지해 왔다. 가족과 하루가 멀다 하고 다투면서도 지켜 온 내 믿음은, 다른 누구도 아닌 제1 야당 스스로가 깨 버렸다. 나에겐 여성 의제가 너무 중요했기 때문이다. 이도 저도 아닌 입장 표명과 2차 가해를 하는 듯한 행보에 크게 분노하곤 소수 정당에 투표하기도 했다. 내가 나 자신을 바보라 표명한 부분은, 그 이후 사회가 어떻게 돌아가는지 전혀 관심이 없었다는 거다. 대선 투표 직전까지도 주요 사안이 뭔지 알지 못했고 어쩌다가 보는 자극적인 뉴스 제목들을 그대로 믿으면서 '사표死票나 낼까' 하는 마음까지 품었다. 악마가 된 사람은 왜 악마인지도 모르고 악마라 믿었다. 그러한 정치 체념 속에서 빠져나오지 못하던 때, 나를 다시 움직이게 한 건 혐오에 맞서야 한다는 마음이었다. 혐오에 물들지 말자. 혐오에 지지 말자. 혐오를 똑바로 바라보자….

대선의 결과는 내 뜻대로 되지 않았지만 회색 지대에 묻혔던 나의 다짐은 되찾았다. 내가 세상을 바라보는 기준, 나를 마지막까지 지탱할 나의 정체성, 나는 여자다. 그렇기 때문에 다른 약자와 연대한다. 혐오와 마주 서기 위해. 혐오를 부추기는 이들을 가리키기 위해.

[지은 댓글]

지난 대선에서, 우리는 잠을 자지 않고 밤새도록 투표율 중계방송을 시청했지. 제발 2번만은 아니길 바라면서, 2번은 아니어야 된다는 마음으로. 하지만 "당선 확실"이 떴을 때, 서로 통화를 하며 목 놓아 울었던 기억이 아직도 생생해. 그때 나는 정말 큰 좌절감과 무력감을 느꼈어. 평소 SNS 계정에 정치색을 크게 드러내지 않던 내가 대선 기간에 한 후보의 정책을 업로드하면서, 그 후보에게 투표를 해 달라고 홍보할 정도였으니. 잘 아는 사이든 모르는 사이든, 그 후보에 한 표 부탁한다고 열심히 투표 독려를 하고 다녔어. 너도 마찬가지였겠지만, 난 정말 간절했거든. 우리 20대 시절의 정권이 얼마나 끔찍했는지, 그로 인해서 우리 세대가 얼마나 살기 힘들어졌는지 똑똑히 기억하고 있는데. 문학을 하는 우리가, 그 시절 문화·예술계의 탄압에 얼마나 고통받았는지 선명히 각인되어 있는데. 기호 2번은 보란 듯이 혐오를 앞세운 정책을 내놓았잖아. 내가 당시 기호 1번을 지지한 이유는 여러 가지가 있지만, 가장 크게 작용한 것은 3월 2일, 대선 후보 토론회에서의 발언이었어.

"페미니즘이라고 하는 것은 여성의 성차별과 불평등을 현실로 인정하고, 그 불평등과 차별을 시정해 나가려는 운동을 말하는 것이다."

나는 페미니즘에 힘을 실어 줄 스피커가 필요했어. 그 스피커가 실질적인 정책으로, 법제화시킬 수 있는 힘이 있다면 더할 나위 없이 좋고. 나는 공개적인 자리에서, 당선이 유력한 대선 후보가 페미니즘에 대해 명확히 인지하고 이야기를 하는 게 좋았어. 아, 저 후보가 대통령으로 당선되면, 혐오를 바탕으로 정책을 만들고 정치를 펼치는 기호 2번보다 훨씬 균형 있는 정책이 꾸려지겠구나. 내가 여성으로 살면서 조금 더 숨통이 트이겠구나, 싶었거든. 그런데 그 기대가 한순간에 와르르 무너졌으니… 나도 모르게 오열을 하게 되더라. 너도 나와 같은 마음이 었겠지.

우리와 비슷한 이들이 많았던 것 같아. 보수 정당 후보의 대통령 당선 이후로, 청년 세대의 정치적 활동이 더욱 활발해졌으니까. 지난 대선 덕분에, 우리가 더 명확해진 것 같아. 우리에게 가장 중요한 문제와 가치가 무엇인지, 우리가 바꿔 나가야 할 부분이 무엇인지, 목소리 내야 할 게 무엇인지 또렷해졌으니까. 정당의 여러 문제에 목소리를 내는 집회에도 참가하고, 현 정부를 비판하는 시위에도 참여하면서 내가 직접 움직이고, 행동하고, 목소리를 내는 것이 얼마나 중요한지 깨달았어. 나는 우리의 목소리가, 움직임이 결국 변화를 이끌 것이라 믿어. 지치는 순간도 많지만, 내가 다시 숨을 고르고 움직일 수 있는 건 너와 함께이기 때문이야. 나의 자매이자 동료, 동지인 전윤채. 지금까지 그래 왔듯, 앞으로도 계속 혐오에 맞서자.

여성

: 지은의 이야기

: 여자는

웃을 때 조신하게 웃어야 해. 입 쫙 벌려서 목구멍 다 보여 주지 말고, 입 가리고 웃어. 경박스럽게 깔깔깔 큰 소리로 웃지도 말고.

사근사근히 말해. 목소리 낮추고. 여자 목소리가 담 넘어가면 집안이 망한다.

다리 쫙 벌리고 앉지 말고, 다리 모으고 앉아.

여자애가 여성스럽지 못하게 무슨 바지니? 바지 그만 입고, 치마 좀 입어.

살 빼. 여자는 예쁘면 장땡이야. 피부 관리 하고, 몸매 관리도 해. 살 빼면 얼마나 예쁘겠어? 넌, 아직 긁지 않은 복권이야. 지금은 살에 파묻혀 있지만, 네 이목구비 봐봐. 얼마나 예뻐. 남자들은 예쁜 여자 좋아해. 너 연애하고 시집가려면 살 빼야 해. 그래야 남자들한테 먹혀. 저기 봐봐, 저기 지나가는 뚱뚱한 아줌마.

저렇게 뒤룩뒤룩 살쪄서 나이 먹으면, 남편이 너 예뻐하겠니? 여자로도 안 봐. 그냥 돼지로 보지. 뭐? 나도 살쪘다고? 나잇살이야, 나잇살. 나이 들면 살도 안 빠져. 주름은 관리해도 생기지, 피부는 탄력 잃고 축 처지지. 나이 먹으면 예뻐지기 쉽지 않아. 그러니까 너도 조금이라도 어릴 때, 젊었을 때 관리해야 한다! 어릴 때부터 관리하면 나이 먹어도 계속 예뻐. 아니, 그리고 조금이라도 젊을 때 예쁘면 얼마나 좋아?

뭐? 네가 뚱뚱한데도 날쌔서, 유도 선수 권유를 받았다고? 투포환을 해 보라 했다고? 여자가 그런 운동을 하면 시집 못 가. 못써. 운동할 거면 살 좀 빼고 발레나 그런 거 해. 유도, 투포환 그런 거 권유받는 게 다 네 덩치가 산만 해서 그런 거잖아. 여자가 힘 세고 덩치 좋은 거, 장점 아니다. 여자는 자고로 연약하고 여리여리해서, 남자들의 보호 본능을 자극해야 해. 너 봐 봐, 어휴. 보호 본능은 무슨. 너 보면 남자들 쫄아서 다 도망가겠다.

뭐? 학교에서 별명이 조폭 마누라라고? 네가 오토바이 타고, 담배 태우고, 본드 한다는 소문이 돈다고? 싸구려 여자들이나 담배 태우는 거지. 여자가 담배 태우면 얼마나 천박하고 없어 보이는지 아니?

왜 이렇게 속을 썩여? 너도 나중에 커서 너 같은 딸 낳아 봐야 엄마 마음 알 거야.

남동생 좀 잘 챙겨. 엄마 아빠 없을 땐 네가 엄마야. 요리도 좀 해서 먹이고. 여자는 살림을 잘해야 한다? 미리 신부 수업 한다고 생각하고, 엄마 집안일하는 거 좀 도와. 빨래 개고, 설거지해.

윗사람한테 좀 대들지 마. 나긋나긋하게 대답해. 네, 하고 수용할 줄도 알아야지. 어떻게 너는 한마디를 안 지니?

너, 다른 애들 다 결혼하는데 혼자 자식도 없이 외롭게 손가락 빨면서 늙어 갈래? 잘 들어. 여자는, 시집을 잘 가야 인생 펴진다. 시집 잘 가면 그것만큼 좋은 게 어딨니? 잘생기고 돈 많은 남자 만나서, 편안하게 사는 게 여자 인생 펴는 지름길이야. 너 그 성질머리로는 좋은 남자 못 만난다. 성질 좀 죽이고, 고분고분하게 남편 말에 네, 네 할 줄 알아야 사랑받아.

정말 너는 애가 왜 그렇게 남자 같니? 목소리 좀 예쁘게 내 봐 봐. 일부러 굵게 남자처럼 목소리 내는 거야? 애교도 좀 부리고, 아양도 좀 떨고. 내숭 좀 떨어. 무슨 동네 머스마처럼 털털하고 괄괄해 가지고, 계속 성격 그 모양 그 꼴이면 아무도 널 여자로 안 봐. 남자는 하늘이다, 모르니? 남자 이겨 먹으려고 좀 하지 말고.

넌 여자애가 무슨 기가 그렇게 드세니? 드세도 너무 드세. 여자가 기 세면, 팔자가 사나워.

머리 좀 길러. 여성스럽게.

걸을 때 팔자걸음으로 걷지 말고, 무릎을 스치듯이 부딪히면서 걸어야지. 여성스럽게. 다리 쩍 벌리고 앉지 말고! 가지런히 모아서 조신하게 앉아. 여자애가 흉측하게 쩍쩍 다리 벌려 앉고 말이야. 다리는 함부로 벌리는 게 아니야. 무슨 뜻인지는 나이 먹으면 알게 된다.

그리고 너, 자꾸 그렇게 남동생 기죽일래? 남자는 자고로 기를 펴고 살아야, 대성할 수 있는 거야.

제발, 지은아. 여자답게 행동해. 여성스럽게 말하고 행동하란 말이야. 하는 꼴이 무슨 영락없는 남자애네.

너 대체 커서 시집 어떻게 갈래?

: 침묵은 혐오를 더욱 견고하게 만든다

나는 사회가 규정한 '여성성'에 부합하는 여성은 아니다. 조신하지도, 순종적이지도 않고 외형이 여리여리하거나 마르지도 않았다. 어렸을 때부터 가장 많이 들은 소리가 '넌 너무 남자애 같다, 제발 여자답게 굴어라' 같은 이야기들이었다.

나는 내가 아주 큰 잘못을 저지르며 산다고 생각했다. 나는 여자로 태어났는데 여자답지 못하니까, 여성스럽지 않으니까. 어릴 땐 사회와 어른들이 요구하는 그 여성스러움을 흉내 내고자 애쓴 적도 있었다. 분홍색을 좋아해 보려 노력하고, 친구들과 놀 땐 공주 놀이를 하고, 목소리 톤을 한 톤 높여 나긋나긋 이야기도 해 보고. 그렇게 하면 잠깐이나마 철 들었다고, 이제야 좀 여자애답다는 칭찬을 들었다. 어렸을 땐, 그렇게 해야 내가 살아남을 줄 알았다. 물론, 여성스러운 척은 얼마 가지 못했다. 당연했다. 나는 그렇게 생겨 먹었으니까. 털털하고, 괄괄하고, 목소리가 굵고, 목청이 좋고, 다른 친구들에 비해 덩치가 훨씬 컸으니까.

청소년기에는 오히려 나를 숨기지 않고 지냈다. 더욱 터프하게, 괄괄하게, 거칠게. 그렇게 캐릭터를 잡고 유별난 애 취급받는 게 편했다. 그게 나의 생존 방식이었다. 남들이 생각하는 '여성성'이란 건 나한테 없었으니까. 없는 것을 만들기보다 내가 본래 가진 것을 가감 없이 드러내면서 별종 취급받는 게 나았다.

머리가 점점 굵어지면서, 나는 늘 궁금했다. 여자답지 않으면 내가 여자가 아닌 건가? 나는 여자로 태어났고, 이게 내 성격인데. 왜 어른들은 내가 잘못되었다고 말하지?

내가 아무리 남자 같았어도, 사람들이 남자 취급을 했어도 나는 여자였다. 특히 크고 작게 겪은 성희롱, 성추행은 내가 '여자'임을, 사회적 약자임을 뼈저리게 느끼게 해 준 인생의 사건이었다.

나는 성장 발육이 빠른 편이라 2차 성징이 일찍 왔는데, 남자애들은 내 가슴을 보고 덜렁거리는 찌찌라고 놀려댔다.

초등학교 때 방과 후 학교 프로그램으로 서예반을 등록했었는데, 당시 서예 선생은 나이가 많은 할아버지였다. 그는 1번부터 50번까지 서예로 쓸 글자들을 프린트해 나눠 주었는데, 학생들의 사기를 북돋기 위해 1번부터 10번까지 서예를 다 쓰면 천 원을 줬다. 그 당시에 천 원이면 문방구에서 주전부리를 왕창 사 먹고도 남는 돈이었다. 주전부리 하나에 50원, 비싼 건 100원 하던 시절이었으니까. 나는 열심히 서예를 했다. 10번까지 다 쓰고, 선생에게 갔을 때 그는 나를 자신의 무릎에 앉혔다. 왜 무릎에 앉아야 하는지 물으니, 자신의 무릎에 앉아야 천 원을 줄 수 있다고 했다. 내가 앉은 무릎 위에는 그의 손이 있었는데, 그는 손가락으로 내 생식기를 만져댔다. 무서웠다. 그가 하는 행동이 어떤 것인지도 쉬이 파악이 힘들었고 어른이자 선생인 사람에게 대들면 혼이 날까 봐, 온몸이 경직된 채로 가만히 있을 수밖에 없었다. 생식기를 만져대던 선생은 쉴 새 없이 내게 말을 걸었다.

글씨를 잘 썼네, 서예에 재능이 있네. 앞으로 계속 써서 쉰 개 다 채우자? 그러고는 다른 친구가 오자 나를 무릎에서 내려놓고 천 원을 건넸다. 나는 그 천 원을 쥐고 서예실을 나섰다.

지금에서야 내가 성추행을 당했다는 것을 인지하지만, 그때까지만 해도 성교육이 제대로 이루어지지 않았기에 내가 무슨 일을 당한 건지 알 수 없었다. 그저 여자의 몸은 소중하고, 아껴줘야 한다는 정도의 교육만 받은 상태였으니까.

중학교에 입학하기 직전에는 대학교 입학을 앞둔 남자에게 키스를 당했다. 그 사람은 내 친구를 좋아했는데, 자기는 내 친구와 연애를 하고 싶으니 사귈 수 있게 네가 도와줬으면 좋겠다, 라고 말하면서 나를 종종 불러냈다. 그러던 어느 날, 갑자기 내게 키스했다. 내 가슴을 주무르면서 키스를 했는데 그 사람은 내 친구와 (당연하게도) 잘되지 못했고, 그 뒤로는 나를 스토킹했다. 내게 시도 때도 없이 문자를 보내고, 내가 사는 동네를 찾아오고, 내가 등교할 때 머무는 버스 정류장에서 나를 기다렸다.

등단하고 나서 처음 간 술자리에서는, 술에 잔뜩 취한 중년 남자 시인이 내 어깨를 검지로 툭툭 밀치며 말했다.

"야, 문단은 화류계야. 살 빼. 너 살 빼야 살아남는다?"

그 사람과 나는 초면이었다.

광화문에서 열린 박근혜 탄핵 집회 때는 지나가는 남자가 내 가슴을 만지고 튀었다. 미친 새끼야! 소리를 버럭 지르고 그 남자를 쫓아갔지만 놓쳤다. 내 겉모습이 여성스럽지 않아도, 내가 여성이라는 이유 하나만으로 성희롱·성추행의 피해자가 됐다.

그동안 내가 겪은 일을 이야기한 것이지만, 아마 대한민국에서 여성으로 산다면 이런 경험은 무척이나 많을 것이다. 내가 겪은 폭력의 상황 중에서 유일하게 목소리를 낸 것은, 내 가슴을 만지고 튄 놈에게 "미친 새끼야!"라고 욕설을 뱉은 때였다. 그전까지는 상대를 향해 항변하지도, 내가 겪은 경험을 털어놓지도 못했다.

네가 헤프게 행동했겠지. 네가 여지를 줬겠지. 모든 남자가 다 그런 건 아니야. 너한테만 일어난 일 아니야? 등등의, 내가 겪은 경험이 내 탓으로 귀결되거나 아주 특수한 경우라는 취급을 받기 때문이었다.

나는 내 스스로를 검열했다. 화가 나고, 수치스럽고, 공포스럽고, 내 잘못이 아님에도 불구하고 애써 외면하고 묻어 뒀다. 이야기를 꺼내면 공감은커녕 내 탓이라는 이야기가 돌아올까 봐. 나를 더럽다고 생각할까 봐. 스스로 피해자라고 생각하면 위축되니까. 내가 나를 피해자라고 칭하면 사람들이 날 큰일을 당한 사람처럼 취급할까 봐. 검열하고 또 검열했다.

지나고 보니, 내가 겪은 일은 절대 작은 일이 아니었고 겪지 않아도 될, 부당한 성폭력이라는 것을 깨달았다. 이것을 깨닫고, 내가 당한 이야기들을 지면에 가감 없이 펼쳐 놓을 수 있는 것은 이전까지 당연시 여겨 왔던 것들이 지금-여기에서는 더 이상 당연하게 여겨지지 않기 때문이다.

남자다움, 여자다움. 사회가 만들어 놓은 이 성 관념은 너무나도 당연시 여겨져 왔다. 지금까지도 여전히 누군가에게는 통용되고 있는 것도 사실이다. 이 성 관념을 무비판적으로 수용해 온 사회 속에서, 우리는 '여성성'과 '남성성'을 알게 모르게 구분한다. 이는 억압이다. 남녀 모두에게 억압이다.

소위 '남성성'이 없는 남성은 여성스럽다고 낙인찍히고, '여성성'이 없는 나 같은 여성은 '남자 같다'는 이야기를 들으며 '여성성'을 주입 당한다. 사회가 규정한 이러한 성 관념은 하나의 스테레오 타입(고정관념)이 되고, 그 스테레오 타입이 강화됐을 때 하나의 권력이 된다. 오늘날의 사회를 사람들은 갈등이 격화되고 있는, 혐오가 만연한 사회라고 일컫는다. 넘쳐나는 혐오에서 피로함을 느끼는 사람들이 많은 것도 사실이지만, 나는 역설적으로 오히려 이 부분이 반갑다. 지금까지 통용되어 왔던 스테레오 타입이, 지극히 당연하다고 여겨졌던 인식이 틀린 것이라 목소리를 낼 수 있게 되었다는 뜻이니까. 스테레오 타입이 더는 스테레오 타입이 아닌. 여자가 여자답고 남자가 남자다운 것이 당연한, 평범한 것이라는 그 인식에 금이 가는 과정에서 일어나는 현상이라 생각한다. 당연하고 평범한 것을 재정립하고자 다채로운 목소리들이 쏟아져 나오고 있는 이 사회가 반갑다. 그 과정에서 젠더 갈등과 혐오 사회라는 진단이 붙는 것은 어찌 보면 필연적일 것이다.

그간 당연하고 평범하다고 여겨져 왔던 것들에 균열을 내는 것이 순조롭다면, 그것 또한 이상할 터. 갈등이라는 것은, 늘 당연하고 평범하게 여겼던 것들과 맞설 수 있는 대안적인 지점이 팽팽할 때 발생한다. 그래서 내가 발 딛고 있는 지금-여기가, 갈등으로 점철되어 지치고 힘들지라도 반갑다. 침묵은 혐오를 더욱 견고하게 만드니까.

나는 지금껏 당연시 여겨 왔던 것들, 평범한 것들에 반기를 드는 대안적인 지점에 대해 목소리를 내는 것을 주저하지 않을 것이다. 그래서 여성이든, 소수자든 각자의 위치에서 이야기할 수 있는 지극히 타당한 '당연'과 '평범'을 다변화시켜서, 그 자체가 이상할 것 하나 없는, 지극히 '평범'하고 '당연'한 것으로 여겨지는 사회가 된다면 분명 우리 모두가 더 나은 내일을 맞이할 수 있다고 굳게 믿는다.

[윤채 댓글]

정말! 헤퍼서, 옷을 그렇게 입어서, 잘해 줘서, 뭐 그런 이유로 피해자가 잘못했다 하는데. 그럼 안 헤프면, 다른 옷을 입으면, 잘해 주지 않으면 안 일어날 일인가? 그놈의 여성성과 피해자다움은 왜 이렇게 기준이 왔다 갔다 하는 거야? 그에 반해 가해자다움은 얼마나 명확하냐고. 이 사회 분위기는 어떻게 된 일인지 가해자다움을 따지기 전에 피해자다움이나 따지고 있어. 어디서부터 잘못된 건지 감도 안 잡혀. 만연해 있던 차별과 불합리함을 논의해 보자 하면 혐오하지 말래. 지금 너무 혐오가 만연하니 침묵하래. 갈등을 일으키는 것뿐이래. 결국 입을 열면 안 되는 쪽이 정해져 있다는 뜻이잖아. 그렇게 해서 얻는 편안함이 무슨 소용인지.

하긴 나도 남들처럼 생각하던 때는 편했어. 야외 페스티벌에 놀러 간 날 누군가가 가슴을 만지고 도망간 적이 있는데, 그냥 내가 딱 붙는 옷을 입어서 그랬던 거라 생각하니 마음이 혼란스럽지 않았어. 사실 내 멘탈을 희생해서 현실을 외면하는 방법이었던 건데, 경찰을 부를 수도 없고 얼굴도 못 본 상황에서 벌어진 일이니 무슨 다른 방법이 있었겠어. 하지만 아주 문득 그 기억이 떠오르면 형용할 수 없는 분노에 휩싸이곤 해. 그때 그렇게 내 충격을 흘려보냈다는 나에 대한 죄책감과 누군지도 모르는 이에 대한 살의로. 어릴 적 먼 친척 성인에게 당했던 성추행처럼, 길 가면서 들었던 백인 남자의 캣콜링(catcalling)처럼, 무수했던 일상 성폭력이 문득 내 정신을 헤집고 들어오지만 그냥 지나가는 거지. 언젠가 친구들에게 '그런 일이 있었다. 존나 개XX 아님?' 하고 말하며 위로받고 끝낼 수 있는 정도의 이야기로 내 안에서 마무리할 뿐이야. 왜? 그 사건들엔 내가 잘못한 게 없으니까. 나는 잘못한 게 없지만, 잘못한 사람을 지목하지 못하니 깊이 생각할수록 화살은 결국 나에게로 향하니까. 나 스스로를 그렇게 만들 걸 알아서 그저 외면하고 있어.

그러니까 맞아. 지은이 네 말대로 더더욱 이야기해야 해. 침묵은 혐오를 공고하게 만드니까. 이런 말을 하는 사람이 있어야 차별의 현장도 주목받지 않겠어? 응원해, 지은! 그리고 지은도 날 응원하는 걸 알아!

우리는 서로에게 적이 되기 전까지만 사랑을 한다
조금 더 멀리까지 사랑하는 일은 달빛 아래에서만
가능한 일 호수 위로 밤이 새하얗게 녹아내리고 있었다

— 정은기 시 「삔이 그랬다」 中
(『우리는 적이 되기 전까지만 사랑을 한다』, 2024)

6. 부모님 세대

가족, 어쩌면 나의 가장 친밀한 가해자

부모님 세대
: 지은의 이야기

: 우울증은 마음의 감기인데

비수匕首. 예리하고 짧은 칼. 흔히들 비수가 날아와 꽂힌다는 표현을 쓰는데, 그 표현을 빌리자면 내게는 무수히 많은 비수가 날아와 꽂혀 있다.

대학교 2학년 시절, 한 남자 선배의 주도 아래 여러 남자 선배들이 내게 엄청난 폭력을 가했다. 모르는 번호로 전화가 와 받으니 "XX년아, 너 하나 학교에서 매장하는 것쯤은 껌이야. 뒈지고 싶어?"라는 말이 들려왔다. 대면을 하자고 해서 과방에 갔더니, 내 빰을 후려치려고 했다. 대학교 입학 후 처음 겪는 일이었다. 무서웠다.

넋이 나가 울면서 정신을 못 차리는 내 곁에, 다행스럽게도 이런 폭력적인 상황을 부당하다 여기는 선배들과 윤채가 있었다. 그들은 내가 겪은 이 문제를 가시화했다. 교수님들에게 알렸고,

교수님들도 분개했다. 하지만, 한 교수님은 나를 교수실로 불러 "걔는 내가 타이를 테니, 이번 일은 너만 입 닫고, 눈 감고, 귀 막으면 없는 일이 된다. 일 키우지 마라."고 말했다. 구체적으로 적기에는 여전히 고통스러운 일이라 최대한 러프하게 적지만, 그땐 혼자서 버티는 것이 도저히 불가능했다. 부모라면, 자식이 이런 일을 겪은 것을 안다면 나를 어루만져 주고 도와주지 않을까? 그 생각이 들자마자 대구 본가로 향했다. 기차역에 마중 나온 부모님 앞에서 울며 그간 있었던 일을 말했다. 이야기를 다 들은 엄마의 첫 마디는 이랬다.

"교수님 말 들어. 너만 입 닫고, 눈 감고, 귀 막으면 없는 일이 되는 거잖아. 학교생활 잘해야지. 일 키웠다가 너만 피해 보면 어떡해? 그냥 없던 일이라 치고, 참고 넘겨."

그렇게 엄마는 내게 또 다른 가해자가 됐다. 그 이후 내게 또 다른 큰일이 있을 때마다, 엄마는 내 편에 서기보다는 "왜 그랬어." "네가 참고 넘겨. 잘 해결해." 등과 같은 반응을 보였다. 부모에게 기대한 내가 잘못일까. 내가 겪은 폭력적인 일도 나를 고통스럽게 했지만, 부모의 반응이 나를 더 깊은 고통 속으로 밀어 넣었다.

우리나라에서 예로부터, 전통적으로 중요시 여겨지는 가치는 여러 가지가 있지만, 그중에서도 하나를 꼽자면 '효孝'일 것이다. 자식의 가장 큰 덕목은 부모에게 효도하는 것. 하루 아침에 암 판정을 받은 뒤 10개월 만에 세상을 떠난 아빠. 아빠와의 이별이 내게 준 것은 두려움이다. 만약 엄마도 갑자기 아파서 아빠처럼 일찍 세상을 떠나게 된다면… 이 세상에 가족은 나와 동생뿐. 그 두려움 때문에, 나는 엄마에게 지극정성으로 잘하려 노력하지만 내가 엄마에게 받고 싶은 사랑의 방식과, 엄마가 나를 사랑하는 방식이 달라서 우리는 늘 어긋난다.

나도 부모를, 부모도 나를 사랑하지만 그렇다고 해서 내가 상처받았던 게 없던 일이 되지 않는다. 내게 있어 최초의 비수는 부모였다.

내가 성장하면서 겪은 폭력적인 상황들, 자주 목도한 부부 싸움은 내게 큰 상처로 남아 있다. 끔찍한 기억만 있는 것은 아니지만, 그렇다고 해서 상처로 남은 기억들이 내게 아무렇지 않은 것도 아니다. 부부 싸움은 어느 가정이나 있을 수 있다지만, 내가 경험한 것이라면 말이 다르다. 부모에게서 받은 상처는 여전히 내게 깊게 남아 있고, 이 상처는 절대 치유되지 않겠지. 없던 일이 될 수도 없고, 무뎌지지도 않겠지.

머리가 굵어지고 나서 내 유년 시절의 상처에 대해 엄마에게 털어놓았을 때, 엄마의 반응은 싸늘했다. "내가 언제 그랬어? 왜 지나간 이야기를 해? 좋은 것만 기억해도 모자랄 판에. 나쁜 것들은 잊어."

엄마의 말처럼, 잊힐 수 있으면 좋겠다. 내게 부모는 애증 그 자체였다. 아빠는 세상을 떴고, 내 상처는 여전히 그대로인데 미움이 향하는 대상이 눈앞에서 사라지니 어찌할 바를 모르겠다. 학창 시절, 친구들에게 나의 상처를 털어놓으며 부모가 밉고 싫다 하니, "그래도 부모님인데 그러면 안 되지 않을까?" 답하던 친구들. 그 뒤로 내 상처는 나만 아는 상처로, 내가 영원히 품고 가야 할 상처가 됐다. 사과를 듣긴커녕, 입 밖으로 꺼내는 순간 나는 단번에 불효자식이 되니까. 내가 부모에게 느끼는 이 애증이, 엄청난 죄이자 자식으로서 용서받지 못할 감정으로 취급되니까.

상처 위에 억압이, 억압 위에 다시 상처가 쌓이면서 내 내면은 곪아 갔다. 비수를 빼내지도 못한 채 20년이 넘는 시간 동안 혼자 끌어안고 끙끙 앓았다.

나는 살고 싶었다. 그래서 내 발로 직접 정신과를 찾아갔다. 이대로 가다가는 정말 죽을 것 같아서. 자살 시도를 딱 한 번 한 적 있는데, 미수로 그쳤다. 그때 이후로 내가 다시 또 자살 충동을 느낀다면 난 정말 죽을 거라는 확신이 들었다. 그래서 정신과를 찾아갔다. 공황과 우울증 판정을 받았다. 약을 처방받았고, 심리 상담을 병행했다. 약을 먹으면 머리가 멍해졌다. 나를 괴롭히던 지난 기억들이, 우울이 갑자기 입을 합 다문 느낌. 아무 생각도 들지 않았다. 심리 상담을 진행해도 내 우울이, 응어리가 풀리지 않았다. 그렇게 하루하루를 꾸역꾸역 살아냈다.

대구에 내려갔을 때, 엄마는 내가 먹는 약이 늘어난 것을 보고 어디 아프냐 물었다. 정신과 우울증 약이라고 말하니 기겁을 하던 엄마. 정신과는 정신병자가 가는 곳 아니냐며, 정신과 약을 왜 먹냐며 나를 타박하던 엄마. 엄마는 정신과에 가는 게 쉬쉬해야 할 일이라고 여기는 듯했다. 왜 내가 정신과를 가는지, 왜 약을 먹을 수밖에 없는지에 대한 이해보다 남들이 흉볼 만한, 남들에게 책잡힐 만한 정신과를 대체 왜 다니는지에 대한 불만이 선행되는 듯 보였다. 엄마는 남사스럽다고 했다. 엄마에게 정신과는 금기시되는 곳처럼 보였다.

엄마, 우울증은 마음의 감기 같은 거야. 근데 나는 마음에 감기가 걸렸을 때, 바로바로 제때 치료를 못 해서 약을 먹으면서 치료를 오래 해야 한대. 정신과를 엄마가 어떻게 생각하고 있는지는 모르겠는데, 그런 곳 아니야. 요즘 젊은 친구들은 우울증으로 정신과 많이 다녀. 나만 그런 거 아니야.

내 말에 엄마는 내게 좋은 쪽으로 생각하고, 좋은 것만 봐야지, 왜 나쁜 쪽으로 생각하고 부정적인 마음을 먹냐며 의지로 충분히 극복할 수 있는 문제라고 대꾸했다. 정상인으로 멀쩡하게 잘 살던 애가 왜 정신과를 다니냐고, 웬만하면 정신과 다니지 말고 혼자 힘으로 극복해 보려고 노력하라는 말과 함께.

: 상상력을 발휘해 준다면, 우리는 연대할 수 있을 거예요

나는 우리 엄마를 통해서 부모 세대를 본다. 정신과는 평범한 사람들이 다니는 곳이 아니라는, 정신과에 다니면 정상인의 범주에서 벗어난 것이라고 여기는 우리 엄마. 우리 엄마는 길거리에 날씬한 여자가 지나가면 '여자는 저래야 하는데…' 중얼거리다 나를 휙 쳐다보고선 "니는 언제 살 뺄래?" "우리 딸도 살 빼면 예쁠 텐데…"와 같은 말을 툭툭 던진다. 그럴 때마다 나는 "엄마, 나는 나야. 내가 살을 빼든 빼지 않든, 나는 여자고. 타인과 나를 비교하지 마."라고 대꾸한다.

아빠가 돌아가신 지 곧 10년이 다 되어 가지만, 여전히 엄마는 어떤 순간엔 "남편이 있었더라면…" 하고 이런저런 이야기를 한다. 내가 사회생활을 하면서 힘든 일을 겪은 걸 토로하면 공감보다는 "안 힘든 사회생활이 어딨노? 누구나 다 겪는 일이다. 돈 버는 게 어디 쉽나? 아닌 걸 아닌 거라고 이야기하지 말고, 일단 참고 넘겨라." 하고 톡 쏘아붙인다.

엄마는 아직도 '여자'라면 이래야 한다는 어떠한 고정관념이 있고, 남편과 아내와 자식이 있는 '정상 가정'에 대한 통념, 부조리한 것을 참아 넘기는 게 사회생활의 미덕이라 생각한다. 비단 이러한 것은 우리 엄마만의 문제가 아니라, 우리 세대를 자식으로 둔 부모가 대체로 공유하고 있는 인식일 것이다.

나는 대학 입학을 위해 서울로 상경하고 나서, 그제야 숨통이 트였다. 부모와 떨어진 것도 있겠지만, 문예창작학과에 와서 처음으로 부모에 대한 애증을 이해하는 타인을 만났기 때문이다.

문창과 선배였던 선희 언니는, 내 이야기를 다 듣더니 "부모에게 애증이 생기는 건 당연한 거야. 네 감정이 잘못된 것도, 이상한 것도 아니야."라고 툭 내뱉었다. 그 말이 내겐 큰 위안이 됐다. 그리고, 내 시야가 넓어졌다. 조금 더 크게, 멀리 보게 된 것이다.

왜 엄마는 내가 엄마에게 상처받은 것을 이야기했을 때 인정하지 않았을까? 아마도, 내 추측이지만 엄마는 내가 상처받았던 그 상황들을 분명 기억하고 있을 것이다. 구체적으로 세세하게 기억하지는 못하더라도, 부부 싸움으로 인해서 자녀들이 상처받았다는 것을 분명히 인지하고 있을 것이다. 자식에게 효도가 중요한 것처럼, 엄마도 자식에게 좋은 부모 역할을 해야 한다는 강박이 있을 것이다. 우리 사회가 그러니까. 뿌리 깊은 유교 사상을 바탕으로 자식은 자식 도리를, 부모는 부모 도리를 하는 것이 본분이라고 무의식적으로 습득해 왔으니까. 그래서 엄마는 쉽게 인정하기 어려웠을 것이다. 본인이 엄마로서 자식에게 큰 상처를 줬다는 것을. 거기까지 이해가 다다르자, 나는 엄마의 삶이 궁금했다. 엄마에게도 엄마가 있고, 엄마가 어린 자녀였을 시절이 있었을 텐데. 엄마는 어떤 환경에서 어떤 감정으로 살았을까?

엄마는 1남 3녀 중 둘째로 태어났다. 첫째 언니와 셋째인 여동생, 그리고 막내 남동생을 둔 우리 엄마. 남아 선호 사상이 강한 경상도에서 나고 자랐기도 하고, 워낙 가부장적인 사고가 강했던 시대에 태어나서 늦둥이 남동생(내게는 삼촌)은 외할머니 외할아버지 사랑을 듬뿍 받고 자랐다고 했다. 큰이모는 전형적인 맏이이자, 효심이 깊은 딸이었고 작은이모는 결혼 후 자녀를 낳고 미국으로 이민을 간 뒤 불가피한 사정으로 인해 지금까지 한국에 돌아오지 못하고 있어 외할머니, 외할아버지에게는 그립고 보고 싶은, 아픈 손가락인 딸이다. 그렇다면 우리 엄마는? 그저 그런, 그냥 둘째 딸.

우리 엄마는 공부를 잘했다고 한다. 학창 시절 전교 1등도 하고, 학생회장도 하고, 문학에도 소질이 있었다고 한다. 엄마는 대학 진학을 무척이나 하고 싶었는데, 여자는 대학을 가는 게 아니라며 대학의 '대'자도 꺼내지 못하게 했다고 했다. 남동생 뒷 바라지를 해야 하니 얼른 취업해서 돈을 벌어 집안에 보태라는 압박에 대학의 꿈을 접고 고등학교를 졸업하자마자 취업을 했다고 한다. 큰이모의 소개로 우리 아빠를 만나게 되고, 여자는 시집가는 게 장땡이라는 외할머니의 성화에 첫 연애 상대인 우리 아빠와 결혼을 하게 됐다고 한다.

엄마는 스물두 살에 결혼을 해서 스물세 살에 나를 낳았다. 나는 스물두세 살 때 뭐 했지? 아마 학교 앞에서 술을 퍼마시고 있었을 거다. 여하튼, 엄마 세대는 그랬다. 일찍 결혼해서 가정을 꾸려 자식을 낳는 것이 여자의 삶이라고 여겨지던 시대였다. 아무리 공부를 잘하고, 큰 꿈이 있어도 여자가 공부하면 콧대만 높아지고, 기만 세진다고 여기는. 여자가 기가 세면 집에 하나뿐인 남동생 기가 죽으니까, 딸을 지원하면 아들에게 지원할 수 있는 부분이 적어지니까, 얼른 결혼시켜서 출가외인으로 만들어 버리던 그런 시대.

아빠와 결혼한 후 엄마를 기다리고 있던 것은 고된 시집살이였다. 그 당시 시집살이는 이상한 게 아니었다. 여자가 시집을 가면, 누구나 시집살이를 했다고 했다. 내가 태어난 1992년은, 여자아이를 임신하면 낙태하는 경우가 비일비재해서 성별을 알려주는 것을 금지시킨 때였다. 엄마가 임신한 첫아이가 딸인 것을 알자, 첫아이는 아들이어야 한다며 낙태하라고 말한 친할머니.

엄마는 그런 시대를 살았다. 지금 우리 세대가 '여성 혐오'라고 치부하는 것들을, 혐오가 혐오인지도 모른 채 '사회 풍토가 그러니까'로 퉁치며 비판적인 사고 없이 무의식적으로 수용하고, 삶의 기준으로 삼던 시대.

엄마의 이야기를 들으면서, 마음이 아팠다. 엄마와 딸이기 이전에, 같은 여성으로서 엄마의 삶이 애처롭고 안타까웠다. 엄마가 저런 사고를 갖는 것은, 엄마 개인의 문제가 아니라 사회·문화적으로 무의식적인 측면에서 답습한 지점이 분명히 존재한다고 느꼈다. 그래서 어찌 보면 엄마도 가부장제의 피해자라는 생각이 들었다. 가부장제 바깥의 삶을 꿈꿔 보지도, 알아 가 볼 수도 없는 시대에서 자란 우리 엄마.

지금-여기에 있는 나는 엄마보다 더 풍부한 경험을 통해 확장된 사고를 할 수 있어서, 엄마의 이야기만으로도 충분히 엄마의 처지를, 시대를, 세대를 상상하고 떠올려 보며 이해할 수 있었다. 이해가 수월했던 또 다른 이유는 엄마 세대가, 엄마 시대가 경험한 것들이 나의 세대에도, 시대에도 여전히 유효하게 작용하는 부분이 있어서일지도 모른다.

세대 갈등은 분명히 현시대에 존재하는 문제이자 현상이다. 부모 세대는 우리 세대보다 훨씬 안정적으로 직장을 구할 수 있는 시대였고, 지금 우리 청년 세대는 사회적 불평등 속에서 많은 것을 포기해야 하는 N포 세대다. 부모 세대를 기득권으로, 청년 세대를 비기득권으로 여기는 현 사회. 실제로 세대별 특징이 있는 것은 사실이다. 세대마다 겪었던 시대의 상황이 다르고, 시대를 통과하면서 형성된 가치관이 다르니까. 비약일 수도 있고 개인적인 경험을 크게 확장하는 것일 수도 있지만 엄마의 개인사를 듣고 내가 이해를 한 것처럼, 엄마 세대도 자식의 이야기에 귀 기울이고 자식이 시대에서 겪는 어려움을 진심으로 이해해 준다면, 세대 갈등이 조금이나마 약화될 수 있지 않을까?

페터 바이스의 소설 『저항의 미학』에서 지배 계급에 대한 '저항'은 연대를 통해 가능한데, 연대는 무엇보다도 타자에 대한 상상력을 토대로 한다고 서술한다. 부모 세대와 청년 세대가 서로 겪어 보지 못한 세대를 상상할 때, 그 상상력은 이해의 토대가 되고 연대의 발판이 될 것이다. 내가 엄마를 이해하고, 더 나아가 부모 세대를 이해한 것처럼.

[윤채 댓글]

'연대는 타자에 대한 상상력을 토대로 한다'는 말 좋다. 맞아. 우리가 알지 못하는 세계는 '상상'해야만 공감할 수 있잖아. 공감이 있어야 연대라는 행동으로 이어지는 거고. 부모 세대와의 갈등은 어쩔 수 없는 거라 해도 우리나라의 갈등은 뭐랄까. 위에서 아래를 강압해서 발생하는 거 같달까. 권력을 가진 사람들은 아닌 사람을 누르고, 나이가 많은 사람들은 어린 사람을 누르고. 그런데, 적어도 세대는 시간에서 비롯된 개념이니 위아래가 있을 수 없잖아. 그러니 사실 '윗' 세대가 '아래' 세대에게 당신이 살아온 방식을 강압적으로 주입하는 건 애초에 성공할 수 없단 말이지. 흐르는 시간을 직위나 권력, 가족 내 위치로 통제하려 하니 우리들은 무기력해질 수밖에. 그런 상황에선 누가 먼저랄 것 없이 상상력을 토대로 연대하면 정말 좋겠네. 응, 그게 손해 보는 거라 생각하지 말고, 연대라고.

부모님 세대
: 윤채의 이야기

: 세대 차이의 의미를 이해하게 될 때

살면서 우리는 사회 통념들을 배우게 된다. 나는 어릴 때부터 생각이 너무 많아 나조차도 이유를 알 수 없는 고뇌가 많았다. 그러던 중 하나씩 배우게 되는 사회 통념들이 나의 고뇌를 정리해 주곤 했다. 혹은 이미 알고 있던 통념인데 어떤 계기로 인해 그 의미를 온전히 받아들일 때에도 그랬다. 생각이 너무 많아 내면의 세계로 침잠하고 있을 때 그 의미를 깨달으면 통념이라는 것에게 고맙기까지 했다. 내 뒤죽박죽인 생각을 한 단어로 설명할 수 있으니.

그중에서도 가장 고마웠던 사례가 하나 있다. 부모님 밑에서 즐겼던 평온한 생활을 끝내고 사회생활에 뛰어들고 난 후 나를 가장 혼란스럽게 했던 부모님의 말은 "참아라"였다. 외주 제작사에서 막내 작가로 일하던 시절 너무 힘들어서 그만두려고 했을 때 아빠는 나에게 "일단 참고 다녀라"고 했다. 그때엔 아빠가 너무 원망스러웠다. 잠 못 자는 건 물론이고 이 생활을 계속해 나갈 수 있을 것 같지 않은데 나의 불안과 우울을 가볍게 여기는 것 같아서 그랬다. 물론 부모님의 말을 그다지 잘 듣는 성정이 아니라 더 고민하지 않고 그냥 회사를 그만두었다.

아빠는 동생이 첫 직장 생활을 할 때에도 똑같이 말했다. 동생도 서울에 직장을 구해 힘겨운 나날을 보냈다. 대기업도 아니었고, 월급을 많이 주는 것도 아니었다. 워라밸work-life balance은 당연히 나빴다. 거기다 상사의 괴롭힘도 있었다. 그래서 동생 역시 진지하게 퇴사하는 걸 고려하고 있었는데, 아빠가 또다시 참으라고 했다. 동생은 어느 날 배달 음식으로 저녁을 함께 해결하던 중 조심스럽게 이 이야기를 꺼냈다. "내가 왜 회사 다니기 힘든지 다 말했는데 아빠가 참으래." 내가 그 말을 들었을 땐 그다지 크게 와닿지 않았는데 동생도 같은 감정을 겪었다고 하니 화가 났다. 앞으로도 계속 동생이, 또 다른 동생이, 동생의 동생이나 세상의 동생들이 참으면서 살아야 할까. 왜 어른들은 참으라고만 하는 것일까.

'세대 차이'. 불현듯 머릿속에 두 단어가 스치고 지나가자 아빠의 입장이 이해되었다. 아니, 정확히 말하자면 아빠 같은 어른들이 왜 같은 말을 하는지 생각할 수 있었다.

아빠는 참으면서 일하다 보면 사회에 안정적으로 안착할 수 있는 세대의 사람이었다. 나는 참으면서 일해 봤자 그냥 참고 일한 사람이 된 채 끝나는 세대이다. 아빠와 엄마는 임용 고사를 치지 않아도 사범대만 나오면 교사가 되는 세대였다. 나와 동생은 NCS(국가직무능력표준), 인적성 검사, 자기소개서와 그 외 스펙들을 준비해도 서류 합격조차 어려운 세대이다. 부모님 세대는 잘 참고 다니면 정년까지 보장이 되는 반면, 나와 동생은 출발점부터 정규직 전환이라는 조건을 걸고 계약직으로 시작해야 한다. 눈에 뻔히 보이는 불안한 미래 앞에서 죽을힘을 다해 버틴다 해도, 근본적인 무기력이 고개를 들어 괴롭다. 이렇게 열심히 산다 해서 뭐가 남긴 해?

: 부모님을 이해하지 못해서 미안한데 안 미안해

미래에 대한 불안. 그것 때문에 우리는 직업을 가지려 한다. 꿈을 이루고자 하는 욕망도 미래에 대한 불안과 맞닿아 있다. 그런데 내가 보는 이 사회의 미래는 밝지가 않다. 그래서 10년 전부터 나를 비롯한 청년들은 이 현상을 '헬조선'이라 이름 붙이며 자조했다. 결국 우리가 직접 겪어 보고 깨달은 바를 말하는 것인데, 어른들은 의지가 없어서 그렇다고 치부한다.

그러나 한편으로는 이런 생각도 들었다. 부모님이라는 그림자가 있기 때문에 직장을 그만두는 일이 두렵지 않은 거라는 생각. 부모님은 나보다 잘 벌고 집도 있으며 나와 동생을 부양하겠다는 책임감도 강하다. 덕분에 나는 대학원도 어렵지 않게 졸업했고 동생도 퇴준생(퇴직 후 다시 취업 준비를 하는 사람)으로 살아가고 있다. 그런 의미에서 보면 부모님이 나를 이해하지 못하는 것도 납득은 간다. 이렇게 많은 지원을 해 주는데 뭐가 그렇게 불만이고 뭐가 그리 마음에 안 드는지, 라는 생각을 내가 부모님이라도 할 것 같다.

드라마 〈스카이캐슬〉을 보다가 '남편도 나 자신도 아닌 자식 농사 실패하는 게 진짜 쪽박 인생이다'라는 대사를 듣고 울적해졌던 적이 있다. 왜 돈과 힘이 있는 어른들이 아이들을 그렇게 쥐잡듯이 잡으며 공부시켜 자신과 같은 삶을 살게 만드는지 알 것 같았기 때문이다. 나의 부모님도 당연히 그러고 싶었을 거다. 다만 나의 의견을 전적으로 존중해 주고 싶었기에 내가 하기 싫은 건 강요하지 않았던 거다. '네가 하고 싶은 대로 해라'고 말해 주면서 나 혼자 알아서 잘 살게끔 믿어 주었지만 지금 나의 현실을 돌이켜 보니 부모님에게 그럴싸한 선물 하나 드릴 형편이 안 된다는 사실이 슬프다.

그렇다고 해서 의사나 변호사 같은 전문직이나 대기업에 취업하는 것을 목표로 삼고 싶진 않았다. 나는 문학을 하고 싶었으며 직업을 갖더라도 문화예술계에서 일하고 싶었다. 사회복지사처럼 약자들을 위한 일을 하는 직업도 좋았다. 글 쓰는 게 절대 돈을 많이 벌 수 있는 재능이 아님을 알면서도, 나의 능력이 어딘가에 쓰임이 있을 거란 희망을 갖고 있었다.

그런데 나이가 들수록 직장 생활의 연차가 높아질수록 이런 꿈을 꾸는 게 헛되다는 느낌만 강하게 받을 뿐이었다. SNS만 보아도 삶의 층위가 다른 친구들이 많다. 거기다가 요즘 인스타그램은 나와 친구가 아닌 사람들 글도 보여 주기 때문에 좋은 집과 명품 옷을 입고 다니는 삶이 아주 일반적이라는 착각마저 들게 했다. 사실 특별한 경우인데 말이다.

이런 혼돈 속에서 나는 점점 내가 헛된 희망을 가지고 있어서, 내가 현실 감각이 없어서, 내가 이상만 꿈꾸는 사람이라서 지지부진한 삶을 사는 것이라고 자조하게 되었다.

그런데, 이것이 정말 내 개인의 문제일까?

사회에는 좋은 대학과 번듯한 직장, 높은 연봉을 가진 사람만 있는 것이 아니다. 모두가 그런 삶을 살아야만 하는 것도 아니다. 비주류의 사람도 불편하지 않게 살 수 있는 시스템이 있어야 하는데, 우리 사회는 그러긴커녕 아예 살 수 없게 만들어져 있다. 멀쩡한 팔다리를 갖고 멀끔한 직장 생활을 영위하는 사람만이 사회 구성원의 전부인 것처럼.

대입에 실패한 후 죽은 친구를 기억한다. 배가 고파 죽은 시나리오 작가를 기억한다. 스스로 생을 마감하면서도 월세를 걱정했던 모녀를 기억한다.

그들 중 누구도 잘 못 살지 않았다. 나도 그렇다. 그런데도 사회에서 자꾸 미끄러지는 것 같은 기분은.

결국 내 탓으로 돌리는 거다. 그렇게 생각하지 않으면 무력감과 좌절이 설명되지 않기 때문이다. 내가 참지 않아서, 내가 현실적이지 않아서, 혹은 내가 너무 비관적이라서.

그러다가 이건 세대 차이라는 말로 설명이 되지 않는다는 걸 깨달았다. 너와 내가 달라서 이런 문제가 발생하는 것이다, 라고만 이야기하는 건 문제의 핵심을 피하는 것과 다름없었다. 청년들이, 내 친구들이 어떤 생각을 하고 사는지 알고 이해해야만 세대는 가까워질 수 있다. 청년은 그러한 사회 시스템이 필요하다, 고 권력에게 말할 수 있어야 한다. 여러 사람에게 같은 문제가 계속해서 발생하는 것은 근본적인, 구조의 문제이다. 그런데 이런 지적을 하는 것조차 패배주의적인 발상이라 치부해 버리는 세상이다.

부모님과 좁혀지지 않는 부분도 이것이었다. 평생을 공무원으로 일하며 안정적으로 살아온 부모님은 사회 구조에 불만이 없다. 있어도 표현하지 않는다. 불편한 건 조금만 참으면서 적응하면 되니까. 내 자리와 내 가족만 지키면서 살면 아무 문제없는 삶이었다. 그런데 딸이 계속해서 정책이 잘못됐다 말하고, 사회 구조의 모순을 지적하니 당황스러운 거다. 나는 현재와 미래를 바라보면서 하는 말이지만 부모님에겐 자꾸 과거가 떠오르는 것 같다. 청년 중심으로 일어났던 사회적 혁명 운동 같은 것 말이다. 때문에 내 생각을 막으면 해결된다 믿고 아무 행동도 하지 말라고 타이른다. 절대 좁혀지지 않는 간극을 두고 사는 우리 가족.

부모님이 내게 준 사랑과 안정을 생각하면 이런 태도로 사는 게 미안하지만, 나를 이렇게 만든 부모님 세대를 바라보면 안 미안하다.

[지은 댓글]

네 부모님께서도 그러는구나. 우리 엄마도 그래. 왜 어른들은, 부모 세대들은 자꾸 우리보고 참으라고만 할까? 나만 참으면 일이 해결된다고, 무탈하게 문제없이 넘어갈 수 있다고 생각하나 봐. 나는 저 말이, 개인을 희생시키는 방식이라고 생각하거든. '나'만, '나'라는 개인만 참으면 문제가 없을 거라 믿는 것. 근데, 아니잖아. 사실 세대 차이에서 오는 갈등들은, 우리 세대라는 개인이 참으면 되는 문제가 아니라 사회적으로, 구조적으로 문제인 부분들이잖아. 거시적으로 바라보고 해결해야 할 문제들인데, 어른들은 개인적이고 미시적인 접근을 하는 것 같아. 난 그게 속상해.

아마도, 부모 세대들은 국가나 사회가 요구하는 것을 따르면 어느 정도의 삶이 보장되어 있었으니 미시적이고 개인적인 사고를 하는 듯해. 그런데, 지금 시대는 너무나 파편화되어 있잖아. 이전은 지금보다 더 '전체주의'의 사회였다면, 지금은 정말 개별성의 시대, '개인주의'의 시대인데…. 이러한 성향이 강해진 것은, 역설적이게도 사회 구조적인 문제가 크지. 그래서 우리가 문제를 삼는 부분도 당연히 거시적인 부분일 수밖에 없는데, 이 부분에 대한 이야기를 하면 어른들은 불편해해. 어쩌면, 이런 사회 구조적인 문제는 부모 세대가 만들어낸 부분이고 그 부분을 지적하니 불편해하는 것일지도 모르지.

아마 옛날이나 지금이나, 어느 시대에서든 세대 차이는 존재하고 갈등도 존재하겠지. 이 갈등을 외면하거나 참고 넘기는 식의 방향은 사회의 부조리를 그대로 감내하는 것과 같아. 나와 너는 아닌 것은 아니라고, 잘못된 것은 잘못된 것이라고 말을 해야 직성이 풀리잖아. 우리가 그렇게 목소리를 내는 건, 단순히 우리라는 '개인'만을 위한 것은 아니야. 그치? 우리는, 좀 더 나은 내일을 맞이하고 싶어서 그런 거잖아. 내일은 오늘보다 좀 더 낫길 바라는 마음으로. 어른들의 참으라는 그 말을 받아들이지 않고 우리의 방식대로 목소리를 내다 보면 분명 우리의 내일과 모레가, 조금씩 나아지겠지. 그래서 나도 우리 엄마 세대한테 안 미안하다. 나는 내 친구들과 좀 더 잘 살고 싶거든. 좀 더 나은 미래를 맞이하고 싶거든.

보증금 천에 월 삼십, 손 없는 날을 골라 이사했지
만 부자가 되거나 갑자기 월급이 오르거나 하지 않
았다 그래도 안심은 되었다 더 불행해지지 않을 거
라는 믿음
침대맡에 호랑이 그림을 올려 두고는 손이 하나뿐
인 어떤 여인을 손가락이 열한 개인 또 한 여인을
위해 기도하다 보면 겨울이 무던히도 지나갔다, 지
나가지 않았다

— 김안녕 시 「한 손」 中
(『사랑의 근력』, 2021)

7. 주거

서울을 유랑하는 히치하이커

주거
: 윤채의 이야기

: 주거의 역사

첫 서울 상경은 고3 겨울이었다. 수능을 치르고 난 후 대입을 위한 마지막 수단으로 문예창작 실기 학원을 다녀야 했기 때문이다. 한 달만 살 수 있는 곳을 구하다가 신촌의 한 고시텔을 발견해 입주했다. 대학교 방학 시즌이었던 덕분에 컨디션이 괜찮은 고시텔을 구할 수 있었다. 외박은 수련회와 수학여행 말고는 해 본 적이 없었으므로 부모님 없이 혼자 한 달이라는 시간을 보내는 게 완전히 처음이었다.

내가 지낸 곳은 고시텔 중에서도 비싼 편이었다. 한 달에 50만 원. 월 이용료를 많이 낸다는 건 그만큼 관리인이 신경을 많이 쓴다는 뜻이었다. 그래서 밥솥에는 언제나 밥이 가득했고 국은 매일 달라졌다. 라면까지 상시 제공되는데도 주방 환경이 아주 깔끔했다. 아는 사람은 알다시피 공용 주방이 깨끗하기란 쉽지 않다. 한겨울이란 사실을 잊게 만드는 따뜻한 난방과, 방마다 자리한 화장실도 그곳의 장점이었다. 그런데 단점이 치명적이었다. 너무 좁았던 탓에 화장실 변기에 앉으면 맞은편 벽에 발이 닿아 다소 요상한 자세로 용변을 보아야 했고, 샤워를 하면 화장실 문 사이로 물이 빠져나가 방바닥이 흠뻑 젖었다. 밤 10시부터는 아래층 술집에서 노랫소리가 진동과 함께 타고 올라와 내가 마치 방이 아니라 술집 안에 누워 있는 것 같았다. 방음이 안 되는 곳이니 옆 방의 생활 소음이 적나라하게 들리는 건 당연지사였다. 비록 한 달짜리 고시텔 생활이었고, 나름 비싼 곳으로 들어갔음에도 불구하고 서울의 말도 안 되는 주거 환경을 제대로 체험했다.

그때까지만 해도 내가 더 좋은 곳을 찾을 수 있었는데 못 찾았던 탓이라 생각했다. 하지만 대학 시절 학교 앞에서 구한 두 번째 고시텔은 첫 고시텔보다 더 최악이었다. 그 방은 모든 것이 문제였다. 침대에 누우면 발바닥이 벽에 닿아서, 누웠는데도 두 발로 곧게 선 사람처럼 자야 했다. 새우잠을 자는 수밖에 없어서 매일 근육통에 시달렸다. 거기다가 화장실 변기는 툭하면 막혀서 자주 다른 친구의 방에 가서 해결해야 했고, 난방은 안 되는데 전기장판은 못 쓰게 해서 추위에 떨어야 했다. 공용 주방은 아무도 청소를 하지 않아 시간이 갈수록 가까이 가기도 싫은 공간이 되었다. 그중에서도 제일 억울했던 한 가지는 그런 컨디션임에도 불구하고 첫 고시텔과 가격이 같았다는 거다. 그렇게 나는 2주 만에 백기를 들고 최악의 고시텔을 빠져나왔다.

그때 빼고는 대학 생활 내내 기숙사에서 지냈다. 1년에 400만 원 정도를 내면 쾌적한 2인실에서 살 수 있었으니 아주 저렴한 축이었다. 그러다 막학기쯤 기숙사를 나와 지은이와 둘이서 자취 생활을 시작했다. 합정에 위치한 허름한 투룸 가정집이었다.

지금 물가로는 절대 구할 수 없는, 보증금 1천만 원에 월세 60만 원짜리 투룸이었다. 저렴한 값에는 다 이유가 있으니, 그곳은 단층짜리 주택을 온갖 수를 다 써서 증축한 집이었다. 1층 주인집을 지나 반 층 올라가면 창고 같은 가공간이 하나 있었는데, 사람이 살 수가 있나 싶을 정도로 좁은, 창고가 아니라 집이었다. 거기서 반 층 더 올라가면 2층, 지은이와 내가 살았던 곳이 있었다. 그 자취방의 웃겼던 점은 옆집과 베란다를 공유했단 거다. 말 그대로 공유. 같은 베란다를 썼다. 창고로 쓸 수 있는 베란다가 있다고 해서 나가 봤더니 대충 세워진 가벽이 있어 눈을 의심해야 했다. 정말, 진짜로 대충 세워 놓은 벽이라 옆집과 우리 집을 완전히 갈라 놓지 못해서, 손가락 두 마디 너비의 빈틈이 남겨져 있었다. 얼굴을 들이밀어 보면 옆집 세입자가 쌓아 놓은 짐이 보이고, 그 위로 그들 방의 창문이 보일 정도였다.

그러니까 사실은 한 채의 집이었던 공간을 대충 가벽으로 나눠 두 가구가 살 수 있게 만들어 놓았던 거다. 방 쪼개기야 예상 못 했던 건 아니었지만 옆집 사람과 눈인사를 할 수 있을 정도로 허술할 줄은 상상도 못했다. 에어컨과 보일러는 하루만 틀어도 요금 폭탄을 유발해서 여름엔 그냥 선풍기 하나로, 겨울엔 전기장판 하나로 버텨야 했다. 폭염이 아주 심했던 어느 한여름, 더위 때문에 잠 못 이루다가 서럽게 울던 날도 있었다.

가끔 술자리에서 이런 이야기를 하면 너도나도 자신이 살아 본 최악의 집에 대해 한마디씩 이야기한다. 특히 서울에 연고가 없는 사람이나 재정적으로 풍족하지 않은 사람이라면 더 기상천외한 집들을 많이 겪는다. 인터넷만 보아도 쉽게 만날 수 있으니까. 그곳엔 비싼 가격은 둘째 치고 인간의 존엄을 포기해야 하는 집들까지도 당당하게 매물로 올라와 있다.

기본적인 주거권을 보장받지 못하는 환경에서, 재미있는 에피소드라며 웃고 떠들며 술 마시는 우리들이 조금 처량하기도 했다. 아직 내 주변에는 부모님과 같이 사는 친구들이 있다. 사실 나도 부모님의 도움을 받아 그 이상한 투룸에서 탈출해 깔끔한 빌라에서 살고 있다. 맞다. 나는 부모님의 도움을 받아야만 집다운 집에서 살 수 있었다. 서글프냐고? 그럴 리가. 내 힘으로 살 수 있었던 집은 첫 자취 집 같은 누더기 집이었고, 부모님은 그게 마음 아파서 좋은 집을 구해 주기 위해 나섰으니, 마다할 이유가 없었다. 그게 불효도 아니고, 뭐. 우리 부모님은 나보다 더 잘 버는 걸.

: 모서리의 생활

지금 살고 있는 빌라는 방이 두 개라서 큰방에선 동생이, 작은방에선 내가 지낸다. 깔끔하고 집 위치도 좋으나 지나치기 힘든 단점이 하나 있다. 내 방인 작은방이 오각형이라는 거다. 사각형의 방이 아니라 오각형! 그것도 정오각형이 아니라 직사각형에서 모서리 하나가 잘린 형태이다. 이 방이 이렇게 납득하기 힘든 모양이 된 이유는 코너에 위치한 건물은 무조건 모서리를 잘라내야 하는 건축법 때문이었다.

1평 정도밖에 안 되는 공간이 구조까지 일반적이지 않으니 가구 배치를 할 방법이 마땅치 않아 그냥 욱여넣었다. 침대는 나 혼자 자도 좁은 사이즈이고 책상은 노트북과 키보드 하나 겨우 둘 수 있는 크기다. 작은 책꽂이는 이미 자리가 꽉 차서 주기적으로 책을 버려야만 한다. 어이없는 빗변만 아니었으면 가구 하나라도 더 둘 수 있었을 테지만, 그래도 이전의 열악했던 집에 비하면 여긴 브랜드 아파트다.

이 방에서 벌써 7년째 거주 중이다. 좁은 공간이 주는 스트레스에서 조금이라도 벗어나려다 보니 새로운 습관이 생겼다. 그건 바로 정리 정돈. 나는 원래 혼란 속의 질서를 선호하는 타입이라, 깔끔함과는 거리가 멀었다. 지저분하고 널브러진 방으로 보여도 나만이 아는 질서로 가지런한 풍경, 거기서 마음이 편안해지는 타입이다. 넓은 부모님 집에선 문제 될 게 없는 취향이지만, 오각형의 좁은 방에선 작은 물건에도 엄청난 부피감이 있는 법. 억지로라도 정리 정돈을 해야 했다. 필기구처럼 부피가 작은 물건들은 상자에 넣어 어떻게든 눈에 띄지 않게 하고, 벽이나 침대 밑의 빈 공간은 수납을 할 수 있게 만들어 활용했다.

물건을 잘 사지 않게 된 것도 장족의 발전이다. 여유 공간이 사라진다는 생각을 하면 천년의 구매 욕구도 사라지곤 한다. 어떤 날엔 부모님이 옷을 사 주겠다 하여 함께 아웃렛에 갔었는데, 옷장의 여력을 생각하다 보니 마음에 드는 옷도 자꾸 내려놓게 되어서 아빠에게 크게 잔소리를 들었다. 내가 돈을 낼 것도 아닌데 무슨 고민을 그렇게 하냐며, 바보 같은 행동이라고 했다. 어쩌면 양말만 쓸어담고 있는 내가 안쓰러웠던 걸지도 모른다.

사소하지만 열렬한 노력 덕분에 나는 내 방을 좋아하게 됐다. 지은이도 내 방을 보곤 잘 꾸몄다고 해 주었다. 지은이는 침대와 책상이 들어간다는 사실도 신기해했다. 지은이가 독립해서 나가기 전까지, 몇 개월간 이곳이 지은이의 방이었으니 더 그랬을 거다. 또 성공적으로 환경에 적응해 버린 나. 서울살이는 매번 챌린지다. 타협할 수 있는 지점을 찾아 그곳에 나를 맞추고 익숙해지기를 기다리는 일. 모서리가 잘린 사각형 방을 좋아하게 된 것처럼 말이다.

[지은 댓글]

나는 서울에서 태어나고 자란 친구들이 부러워. 집이 크든 작든, 어쨌든 그 친구들은 서울에 집이 있는 거잖아. 부모의 재력을 기준으로 어떤 수저를 물고 태어났냐는 '수저론'이 만연하게 통용하고 있는데, 고향을 떠나 서울에서 2년마다 집을 옮겨 다니는 주거 불안정자인 내가 가장 부러운 수저는 '서울 수저'야. 서울에 터전을 잡은 가정에서 태어나서, 서울에 집이 있는 '서울 수저'들.

이 글에서 고백하건대 나는 너도 부러웠다, 윤채야. 우리 집은 내게 보증금 마련해 줄 형편이 안 돼서 내가 아득바득 모아

마련을 했는데(물론 은행의 도움도 받았지), 너는 부모님께서 보증금을 해 주시니까. 너무 부럽더라고. 네가 쓴 말마따나, 부모님이 도와줄 형편이 되면 나는 도움을 받는 게 좋다고 생각해. 서울살이에서는 집 말고도 신경을 써야 할 문제가 수두룩한데, 어쨌든 지방에서 상경한 우리에게 가장 큰 문제가 '집'이잖아. 도움을 받아서라도 '집'을 해결한다면, 가장 큰 문제가 잠시나마 해결이 되는 거니까. 너와 룸메이트로 합정동에서 자취했을 때, 네 부모님께서 보증금을 내 주셔서 무사히(?) 자취를 할 수 있었지. 윤채 아버님, 어머님. 덕분에 서울살이를 잘해 나갈 수 있었습니다. 감사합니다!

내가 지금 네 방인 공간에서 살 때는, 매트리스 하나 넣으면 꽉 차는 공간이었는데. 대체 어떻게 책상을 넣은 거야? 자투리 공간까지 알차게 활용하는 넌 정말 대단해. 나는 엄청난 맥시멀리스트인데, 너는 나에 비하면 초 검소한 미니멀리스트라서 그것도 참 신기해. 넌 아기자기한 소품도 좋아하고, 인테리어에 관심도 많은데. 어떻게 물욕을 참는 거지? 내가 너에 비하면 물건이 아직도 정말 정말 많지만, 그래도 너를 보면서 영향을 좀 받았거든. 서울살이를 잘해 나가려면, 미니멀리스트의 정신이 필요하더라고. 나는 2년마다 이사를 해야만 하는 형편이잖아. 그런데 서울살이가 오래될수록 물건이 점점 늘어나서, 지금은 소형 용달로는 이사는 꿈도 못 꿔. 그래서 요새는 많이 사지도 않고, 이미 산 것들도 틈틈이 비우고 있는 중이야. 내가 가진 짐에 집을 맞추려면 엄청나게 평수가 넓은 곳이 필요한데, 내겐 그럴 만한 자본이 없으니. 자본이 있어도 서울 집값과 물가는 내 작은 벌이로는 감당할 수 없는 수준이니까. 이런 방식으로 타협을 해 나갈 수밖에. 현명하게 서울살이를 해 나가는 너를 보며 많이 배운다, 윤채야. 고마워!

주거
: 지은의 이야기

: 집에 있는데도 집에 가고 싶어요

극심한 불면증이었다. 열대야를 기르는 나날들. 지옥에는 다 자란 내가 있다고 믿으며 매일을 버텼다. 내게 죄를 부여하는 것이 내가 살아가는 이유였다. 하루에 삼켜야 할 알약이 늘어나는 만큼, 내가 소화해야 할 내 일이 쌓였다. 하루 열두 시간 노동을 해야 서울살이가 가능했다. 퇴근길 버스는 늘 기분 나쁠 정도로 따뜻하고, 나는 언제나 잠깐의 사람. 버스에서 내리면 가야 할 집은 있지만 정착할 수 있는 집은 없는 사람. 나는 꿈에서조차 잠이 든 척을 했다.

2016년 조선일보 신춘문예에 당선되었을 때 쓴 수상 소감 중 일부다. 저때 나는 합정의 오래된 주택에서 윤채와 함께 살고 있었다. 성인이 되자마자 서울로 상경한 나는, 여기저기 집을 전전하며 다녔다. 강동구에 위치한 친할머니 집에서 대학 입학 전까지 몇 개월, 입학 후에는 학교 기숙사. 우리 집은 나를 지원해 줄 형편이 못 되었기에, 첫 등록금과 기숙사비는 친할머니가 내주고 그 뒤로는 미친 듯이 공부해 장학금을 받으며 학교를 다녔다. 기숙사비는 틈틈이 아르바이트를 하면서 모았는데, 기숙사를 1년 통째로 신청하면 편했으나 나는 돈이 없어서 학기별로, 방학별로 끊어서 지냈다. 방학 때 다시 기숙사를 신청하면 방을 옮겨야 했는데, 가끔 방학 때 머물 기숙사 비용이 없을 땐 기숙사 방이나 친구의 집에서 신세를 지며 버텼다. 당구장, 피자집, PC방 등등에서 아르바이트를 했었는데, 가장 돈을 많이 주는 곳이 맥도날드 딜리버리 콜센터 야간 타임이어서 몇 년 동안은 그 아르바이트만 했다. 당시 돈으로 한 달에 많이 벌면 180만 원 정도 벌었으니, 꽤 쏠쏠했던 셈.

윤채와 합정에서 살 때도 맥딜리버리 콜센터 아르바이트를 했었는데, 새벽 또는 아침에 퇴근할 때 버스를 타고 합정에 내리면 그렇게 쓸쓸할 수가 없었다. 버스는 언제나 기분 나쁠 정도로 따뜻했고, 버스에서 내리면 가야 할 집이 있었지만 그 집은 내 집이 아니었다. 세 들어 사는 집. 2년 뒤에는 계약이 끝나는, 유통기한이 있는 집.

기숙사에서 나와 윤채와 함께 살게 된 건, 내 사정을 알고 있는 윤채의 부모님이 흔쾌히 보증금을 내주시며 같이 살길 권했기 때문이었다. 덕분에 감사하게도 무척이나 편하게 그 집에서 머물렀지만, 개인적으로는 매달 내야 할 월세를 버는 게 힘이 부쳤다. 나는 스무 살 때부터 집에서 재정적으로 독립해서 살고 있었기에, 월세뿐만 아니라 서울살이에 드는 각종 비용을 내 힘으로 해결하고 있었다. 게다가 나는 (아빠를 빼닮아) 기저 질환이 있어 대학 병원을 다녔고, 그 병원비도 만만치 않은 상황이었다.

기숙사를 나와 윤채와 처음 같이 살았던 합정 집은 붉은 벽돌집으로, 여름에는 미친 듯이 덥고 겨울에는 웃풍이 숭숭 들어오는 매우 추운 집이었다. 거실에는 근현대사 박물관에서 볼 법한 연식이 매우 오래된 고물 에어컨이 있었는데, 켜면 폭발할까 봐(그 정도로 고물이었다. 외관도, 컨디션도.) 단 한 번도 튼 적이 없었다. 보일러는 노후돼서 한번 틀면 가스비가 어마무시하게 나왔다. 검지만 한 크기의 바퀴벌레가 수시로 출몰하고, 천장과 벽 모서리에 곰팡이가 피어 있던 집. 아주 오래된 현관문이라 도어 록 설치가 불가능한, 오로지 열쇠만으로 출입이 가능했던 집. 열쇠를 잃어버리면 집으로 돌아가지 못하는, 나의 첫 자취방.

그 집에 살면서 나의 처지를 파악하게 됐다. 지금 내가 가진 돈과 벌이로는, 이러한 집도 감지덕지구나. 누군가의 도움 없이는 보증금을 내지 못하는구나. 합정 구옥의 계약이 끝났을 때, 윤채는 부모님의 도움을 받아 근처에 새집을 얻었다. 이전 집과 다르게, 깨끗하고 쾌적한 빌라였다. 그 집에서 나도 잠깐 몇 개월 살았지만, 매달 윤채 부모님께 드려야 하는 월세가 부담이었거니와 그 당시 개인 사정이 생겨 윤채와의 동거는 그렇게 끝이 났다.

혼자 살 새집을 구해야 했는데, 원래도 재정적으로 독립한 상태였지만 아빠가 돌아가신 뒤로 엄마와 나, 내 동생은 서로 각자도생을 하기로 한 상황이었다. 막막했다. 고시텔도 알아보고 최저 보증금의 집도 알아봤지만, 보증금이 낮을수록 월세가 비쌌다. 보증금과 월세가 적당한 집은 도저히 사람이 살 수 없는 컨디션인 경우가 대다수였다. 당시 대학생이었던 나는 수중에 모은 돈이 없었다.

그러던 와중, LH 청년전세대출 제도를 알게 되어 신청을 하고 집을 구했다. 언덕에 있어서 집에 갈 때마다 등산을 하는 기분이 들던 집. 네다섯 평 남짓한 원룸이었지만, 온전하게 내가 사용하는 공간이 생긴 것만으로도 뿌듯했다. LH 청년전세대출은 최초 2년이 지나면 2년 단위로 최대 2회 재계약이 가능했는데, 재계약을 해야 할 시점에 내가 거주하던 집의 주인은 집을 담보로 이리저리 대출을 받고 잠수를 탄 상황이었다. 집주인 연락이 안 되니, 계약 연장도 이사도 불가한 상황이 됐다. 이러한 상황이 빈번했던 건지 LH에서는 내가 해야 할 매뉴얼들을 알려 주었고, 어찌저찌 해결 아닌 해결이 돼 다음 집으로 이사를 갔다.

집을 구하면서 느낀 건, 집주인들은 LH 제도를 꽤 번거롭다고 여긴다는 것. 집을 구하려 부동산에 방문할 때마다, LH 청년전세대출이 가능한 집을 구하고 있다고 하면 단칼에 없다며 나를 돌려보내기 일쑤였다. 겨우겨우 LH 청년전세대출을 해 주겠다는 집주인을 만났다. 당장 살 곳이 필요하니 덥석 감사하다며 계약을 했는데, 그 사람은 지금까지 내가 만난 집주인 중 가장 최악이었다.

중년 남자였는데, 세입자로서 당연한 권리를 이야기해도 바락바락 소리를 지르고 욕설을 일삼았다. 이야기하다 혼자 점점 언성이 높아지면서(평범한 대화에서도 이야기하다가 갑자기 급발진을 하는 사람이었다) 나에 대한 인신공격도 서슴지 않았다.

그 집은 학교 앞 평지에 있어서 위치 측면에서는 괜찮았는데, 역시나 연식이 오래된 집인 게 문제였다. 7~8평 정도의 1.5룸 집이었는데, 집의 모든 스위치와 콘센트가 누렇게 들떠 있었다. 화장실 문은 나무 문이었는데 전 세입자가 관리를 아예 안 한 건지 나무가 삭아 있었다. 게다가 화장실 위치가 굉장히 애매하고, 사이즈도 좁았다. 그 집 화장실의 전구는 알전구였는데, 샤워를 하다가 전구가 터진 적도 한두 번이 아니었다. 그뿐인가. 긴 통베란다가 집 전체를 둥글게 감싸고 있는 구조였는데, 베란다 창문 틈이 헐거워서 바퀴벌레를 비롯한 각종 곤충이 그곳을 자기들의 영역인 양 수시로 드나들었다. 창틀은 진녹색의 얇은 철 창틀이었고, 당연히 새시는 없었다. 보일러는 베란다에 놓여 있었는데, 창문 유리를 뚫어 보일러 배관을 내놓아서 그 틈으로 벌레와 바람이 숭숭 들어왔다. 한겨울에 보일러가 얼어 터지는 일은 부지기수였다. 당연히 보일러는 노후된 것이었고, 한겨울에는 가스비 폭탄을 맞았다. 베란다에 놓은 세탁기도 한겨울엔 배관이 꽁꽁 얼어 버려서 빨래를 돌릴 수가 없었다. 웬만하면 추위를 잘 타지 않는 나인데, 그 집은 북향으로 나 있었기에 겨울엔 완전 냉골 그 자체였다. 겨울왕국에 사는 엘사도 그 집의 추위는 견디지 못했을 거다. 2년마다 이사를 해야만 하는 게 정말 싫었던 나였지만, 그 집만큼은 최대한 빨리 탈출하고 싶었다. 여러모로 최악이었다.

계약이 끝나는 날만 기다리면서 집 매물을 수시로 살폈다. 그런데, 한 가지 문제가 있었다. 서울살이 기간이 늘어날수록, 내

짐도 늘어난 것. 심지어 나는 맥시멀리스트. 1.5룸도 나와 내 짐을 수용하기엔 턱없이 모자란 상황. 어쩔 수 없이 투룸을 알아보는데, LH 청년전세대출은 최대 지원 금액이 1억 2천만 원이었다. 서울에서 1억 2천으로는 투룸을 구할 수가 없었다. 그래서 결국은 HUG 안심전세대출로 눈을 돌렸다. HUG 안심전세대출은 2억 5천까지 가능했기에. 서울 투룸의 대략적인 전세 시세는 2억에서 2억 5천 사이였다. 그러다 좋은 부동산 중개인을 만나 방 세 개, 화장실 두 개인 집을 투룸 가격에 구하게 됐다. 2억 4천, 투룸 가격에 방과 화장실이 하나 더! 땡잡았다고 생각했다. 계산기를 두드려 보니 2억 4천을 HUG 안심전세대출로 진행하게 되면 한 달에 30만 원 후반~40만 원 정도의 이자가 발생했다. 한 달 월세 비용으로 넓은 집에서 살 수 있다는 생각에 지체하지 않고 그 집을 계약했고, 지금까지 살고 있다.

계약 당시 안심전세대출은 청년 기준 90%까지 대출이 가능했고, 내 돈 10%가 더 필요한 상황이었다. 2년마다 집을 전전하는 사이 대학교를 졸업하고, 대학원 석사를 따고, 회사에 다니며 모아 둔 목돈이 있었기에 10%의 돈을 낼 수 있었다. 뿌듯했다. 내 힘으로 (물론 어마어마한 대출을 꼈지만) 그 돈을 모아 집을 계약할 수 있었던 게 정말 기뻤다. 이렇게 어른이 되어 가는구나, 싶고. 이래저래 나갈 돈이 많았는데, 악착같이 모은 게 빛을 보는구나, 싶고. 하지만 그때의 나는 어렸다. 어른은 무슨, 개뿔. 내게 닥칠 위험은 모른 채, 처음으로 좋은 집을 구했다며 행복에 취해 자취 라이프를 즐기던 나.

2022년, 미친 듯이 금리가 치솟기 시작했다. 한 달에 대출 이자 40만 원을 냈었는데, 금리가 변동되어 60만 원, 80만 원으로 올랐다. 급기야 2023년 5월에는 100만 원을 찍었다. 과장을 보태서 내 월급의 절반이 전세 대출 이자로 나가는 상황이었다. 내 급여는 제자리인데, 금리와 물가가 미친 듯이 치솟으니 한 달 서울살이를 유지하는 데 필요한 돈이 순식간에 몇 배로 늘어났다. 2년 만기는 다가오는데 당장 이사를 갈 집도, 돈도 없어서 결국 울며 겨자 먹기로 이 집을 재계약했다. 다만 한 달에 이자 100만 원을 낼 수는 없어서, 보다 저렴한 금리의 대출을 찾아 갈아탄 게 2023년 6월의 일이다.

2년마다 집을 옮겨야 하는 처지. 주거 불안정자의 삶. 갈수록 오르는 집값 앞에서, 금리의 변동성까지 신경을 써야 한다. 어른의 삶은 그런 것. 경제가 돌아가는 것을 알아야 한다. 그렇지 않으면 내 삶에 직격타가 오니까. 금리만 오르면 다행이게. 수도세, 전기세, 도시가스 요금…. 고점을 모르는 채로, 미친 듯이 오르는 공과금. 내가 매수한 주식이 이렇게 고점이면 얼마나 좋을까.

서울을 떠나고 싶지만, 나의 생활 반경은 이미 서울에 익숙해졌다. 더군다나 나의 커리어와 일자리를 위해서는 서울에 악착같이 붙어 있어야 한다. 지방은 서울에 비하면 인프라가 좋지 않으니. 나는 지금까지 그러했고, 앞으로도 2년마다 서울의 집을 떠돌며 내 방 하나를 갖기 위해 부단히 애쓸 테지. 하지만 서울의 집은 언제나 내게 유통 기한이 있는 공간. 마음을 붙이고, 정을 들이면서, 내 물건들이 제자리에서 항상 나를 기다리고 있는 집은 이 세상에 어디에도 없다. 내가 그간 무수히 거쳐 왔던 집 중에서, 나를 진득하게 품어 주는 '내 집'은 없었다.

나는 공간적인 측면에서도, 언제나 이방인이었다.

몸 하나 누일 곳 없는 채로 정처 없이 떠도는. 대구에도 내 기억 속의 내 집과 내 방이 없고, 서울에서 머무는 집 또한 계약 만기일까지 잠시 거주하는 공간일 뿐이다. 내 방, 내 집은 어디에 있는가. 나는 언젠가 내 집을 가질 수 있을까? 내가 버는 돈은 늘 제자리고, 물가와 집값은 미친 듯이 치솟는데. 내가 나의 집을 가지는 그림이 쉽게 그려지지 않는다. 그래서 나는 집에 있으면서도 하염없이 '집에 가고 싶다'고 되뇌는 것일지도 모른다. 내가 자취하는 집에, 내 방에 머물고 있어도 마음 편히 몸을 눕히고 머무를 수 있는 집은 없으니까. 집이 있는데도 없는, 주거 불안정자의 삶. 이방인의 마음으로 나는 집에 있으면서도 집에 가고 싶다고 늘 혼잣말을 한다.

집은 살아 있는 생물 같아서, 내가 어떻게 대하느냐에 따라 모습을 바꾼다. 시간이 지날수록, 함께 늙어 갈수록 나의 생활이 녹아든다. 나는 나와 함께 늙어 갈 수 있는, 오래오래 세월을 같이 보낼 수 있는 집을 갖고 싶다. 그래서 내 집이, 나와 함께 늙어 가면서 어떤 생김새를 갖는지, 집을 보고 '안지은은 이런 사람이구나, 이렇게 늙어 가고 있구나' 알아챌 수 있었으면 좋겠다.

몇 년 뒤에는 내게 정착할 수 있는 집이 생기기를. 하늘에 바라고 바라나이다. 하바바.

: 호더와 맥시멀리스트와 주거의 상관관계

대구 친구들에게 대출 이자가 부담스럽다고 털어놨을 때, 친구들이 그랬다. 짐을 줄이고 저렴하고 넓은 집으로 이사 가면 되지 않아? 나는 답했다. 저기, 친구들아… 혹시 그거 아니? 서울에는 저렴하면서도 넓은 집은 없어…. 서울은 대구의 월·전세 시세와 확연히 달라…. 게다가 나는 호더hoarder에, 맥시멀리스트야. 서울살이를 한 지 10년이 훌쩍 넘어서, 제게는 10년 어치의 짐이 있답니다….

사실, 자취 기간이 길어질수록 짐이 늘어나는 건 당연하다. 하지만 모두가 나처럼 짐이 한가득은 아닐 수 있다. 사람마다 주거 환경과, 자취 라이프는 다를 수 있으니까.

나로 말할 것 같으면, 호더이자 맥시멀리스트다. 호더라는 단어가 생소하게 느껴질 수 있는데, 호더는 직역하자면 '축적가'를 뜻한다. 시사상식사전에 의하면 '물건을 버리지 못하고 모아 두는 일종의 강박장애를 겪는 사람'을 지칭하는 단어로 쓰인다고 한다. 시사상식사전에서 호더를 어떻게 설명하고 있는지 살펴보자.

— 강박적 축적compulsive hoarding을 겪는 사람을 지칭하는 말이다. 낡고 필요 없는 물건이나 쓰레기를 집 안에 쌓아 두는 행동을 반복하는 특징이 있다.

— 물건을 주워 오는 행동을 호딩hoarding, 이러한 행동을 반복하는 사람을 호더hoarder라고 부른다. 호더는 집에 가득 차 있

는 물건을 통해 위안을 느끼기 때문에 가져온 물건을 버리지 않는다. 심리학자들은 이 행동을 어떤 물건에 담긴 행복한 추억이 물건을 버리는 것과 동시에 없어질 것을 두려워하기 때문이라고 해석한다.

누가 나를 시사상식사전에 그대로 옮겨 놨지? 맞다, 호더로서 말하자면 저 설명은 정확하다. 나는 낡고 필요 없는 물건을 버리지 못하고, 계속 품고 있다. 신입생 때 몇 번 입었던 옷들. 과한 색감에 지금 내 스타일과 전혀 맞지 않는 옷들이지만, 신입생 때의 추억이 묻어 있어 여전히 옷장에 고이 모셔 두는 중이다. 대학교 때 만들었던 문집과 소설 합평 제본도 마찬가지. 내 문창과 시절이 고스란히 담겨 있어서 버리질 못한다. 이렇게 물건 하나하나에 모든 의미를 두니, 버릴 물건이 없다.

이것만으로 호더라 할 수 있느냐? 아니다. 나는 쇼핑백과 비닐봉지, 상자를 버리지 않고 모아 둔다. 친구들은 이런 나를 보며 왜 그런 걸 모으는지 이해가 되지 않는다고 혀를 끌끌 찬다. 하지만, 쇼핑백과 비닐은 모아 두면 반드시 언젠가 쓴다. 중고거래 시 물건을 담아 건네는 용도로도 쓰고 예쁜 디자인의 쇼핑백은 누군가에게 선물을 건넬 때, 혹은 물건을 담아 줄 때 쓰기 유용하다. 투명하면서도 큰 비닐봉지는 일회용품 분리수거 시 사용할 수 있어 유용하다. 우리 동네의 경우 투명하거나 흰 비닐봉지에 일회용품을 분리수거해 월·수·금 저녁에 내놓으면 되는데, 그때마다 모아 둔 비닐봉지를 적극 활용 중. 택배 박스의 경우 대체로 잘 뜯어 폐지를 수거하시는 분께 드리는 편이지만, 신발 박스의 경우 박스가 예쁘기도 하고 버리기 아쉬워 모아 두는 편이다. 가끔 잡동사니를 정리할 때 신발 박스를 활용하기도 한다.

또 모으는 게 있냐고? 있다. 배달 음식을 시킬 때 오는 각종 일회용 포켓 소스들. 케첩, 머스터드, 파르마산 치즈, 핫소스, 치킨 양념소스, 간장, 참기름, 마요네즈 등등. 집에 소스가 없냐고? 있다. 케첩, 머스터드, 파르마산 치즈, 간장, 참기름, 마요네즈 모두 다 한 통씩 갖고 있다. 양념치킨소스, 돈가스소스, 스테이크소스, 불닭소스 등등 각종 소스란 소스는 다 갖고 있다.

그런데 왜 일회용 포켓 소스들을 모으냐고? 갖고 있으면 언젠가 쓸 데가 있을 것 같아서. 그리고 혹시나 전쟁이 나거나, 갑자기 내가 재해 상황에 내던져졌을 때 모아 둔 소스가 있으면 식사를 좀 더 맛있게 할 수 있지 않을까 해서….

사실은 안다. 내가 투머치라는 거. 옷도, 쇼핑백과 비닐봉지와 박스도, 일회용 소스도 적당히 갖고 있는 수준이 아니라는 거. 옷은 옷장을 다 채우고도 모자라서 행거 두 개를 사용해야 할 정도고, 쇼핑백과 비닐봉지는 일평생 다 쓸 수 없을 정도로 쌓이고 쌓였다. 박스도 수납함으로 활용되는 개수는 아주 적고, 그냥 이유 없이 방 한편에 가득 쌓여 있다. 아는데, 알면서도 못 버린다. 습관적으로 모으고, 버리질 못한다. 이것만 모으면 그나마 낫지.

나는 하나에 꽂히면 미친 듯이 수집하기 때문에, 향수도 피규어도 캔들도 과하게 많다. 게다가 내 집에는 뜯지 않은 택배 박스가 엄청 많은데, 대부분이 선물들이다. 카카오톡 선물하기로 지인들에게 받은 선물, 내가 내게 주는 선물(우린 그걸 지름신 강림이라 부르기로 했어요…), 그것들을 뜯지 못하는 이유는, 택배를 뜯어 물건을 썼을 때 내게 선물을 해 준 그 마음이 닳는 것 같아서다. 대부분의 물건은 결국 수명이 있고, 수명이 다하면 버려야 하니까. 나는 물건이 닳는 게 싫은 거다. 물건이 닳는다고 해서 날 생각하는 마음이 닳는 게 아닌데, 그냥 물건이 닳는 걸 보고 있는 게 싫다.

이거는 이러한 이유로, 저거는 저러한 이유로 버리질 못하니 집 안에 물건이 쌓여 간다는 것을 알고 있다. 비워내진 못하고 채우기만 하니, 공간이 남아날쏘냐. 게다가 나는 물건 욕심도 많아서, 모든 것을 쟁여 놓는다. 각종 생필품도 떨어지기 전에 미리미리 사 둬야 하고(적당히 사 두면 되는데 왕창 쟁여 놓는다), 냉장고도 항상 가득 차 있어야 하고….

호더는 자연스럽게 맥시멀리스트가 될 수밖에 없다. 모든 물건을 과하게 쟁여 두니까. 주거 공간이라고 다를 바 없다. 혼자 살면서 방 셋에 화장실 두 개를 쓴다면, 보통은 여유 공간이 많을 것이다. 하지만 나는 집을 가전으로 가득가득 채워 넣었다. 가전은 크면 클수록 좋다고 TV도 50인치, 냉장고는 양문형에 얼음정수기까지 되는 제품으로 샀다. 소파는 친구들이 오면 침대 기능을 할 수 있는 제품이 좋을 것 같아 4인용 소파베드 제품을 샀고, 또 친구들이 놀러 올 경우 편하게 식사할 수 있게 7인용 테이블을 샀다. 청소기는 핸디 청소기와 유선 청소기, 로봇 청소기와 비스포크 무선 청소기가 있다. 그렇다고 내가 청소를 잘 하냐? 절대 아니다. 유선 청소기는 자취를 처음 할 때부터 썼는데, 그 이후로 한 번도 쓴 적이 없지만 버리지를 못하고 있다. 로봇 청소기는 알아서 청소해 주니 편할 것 같았는데, 큰 오산이었다. 로봇 청소기를 사용하려면 바닥에 아무것도 없어야 한다. 그런데 나는 바닥에 뭐가 많다. 짐도 많고, 놓인 가구도 많고, 각종 옷가지와 잡동사니가 바닥에 굴러다닌다. 로봇 청소기가 영 제 역할을 못 하는 게 당연한 환경. 방이라고 다를 바 없다. 화장실이 딸린 큰방엔 침대와 화장대, 긴 책상을 놓고 컴퓨터를 설치했다. 물론 모니터는 듀얼이다. 두 번째 방은 문창과 시절부터 지금까지 구매한 모든 책이 다 들어가 있다. 세 번째 방에는 옷장이 있는데, 옷장으론 옷 수납이 다 안 돼서 두 번째 방과 세 번째 방에 각각 옷 걸린 행거가 하나씩 있다. 쓰는 나도 숨이 막힌다. 여유가 없이 그냥 가득가득 꽉 찬 내 집.

·

짐 때문에 넓은 집에 왔는데, 집 크기에 맞춰 짐이 또 늘어난다. 호더이면서 맥시멀리스트인 사람은 명심해야 한다. 짐 때문에 집을 늘리면, 집 크기가 늘어난 만큼 짐이 늘어난다는 것을!

요새 환경 문제에 대한 청년들의 관심이 뜨거운 편인데, 나 역시 환경 문제에 관심이 많다. 비건, 리사이클링, 일회용품 사용 줄이기 등등 환경 문제를 해결하기 위한 방안들을 많은 사람이 모색하고 있는데, 불현듯 내가 실생활에서 환경을 위해 실천할 수 있는 게 무엇일까, 하는 생각이 들자마자 내 주거 환경을 돌아보게 됐다. 별생각 없이 배달 음식을 시켜 먹고, 일회용품을 사용하고, 옷이 넘치다 못해 많으면서 입을 옷이 없다며 새 옷을 사고, 있는 것을 활용하지 못하고 사고 또 사고…. 나는 호더야, 맥시멀리스트야! 하면서 나의 행동을 합리화한 게 부끄러웠다. 알게 모르게 내가 환경을 해치고 있다는 생각이 들자, 정신이 번쩍 들었다. 조금씩 비우고, 재활용하는 연습을 하자. 그게 환경을 지키고, 내 돈을 지키는 일이다! 다짐하면서 내가 가진 물건들을 천천히 정리하기 시작했다.

배달 음식을 시켜 먹지 말고, 냉장고에 쌓여 있는 음식을 털어 먹자는 마음으로 회사에 도시락을 싸 가기 시작했다(물론, 물가가 올라 한 끼 점심값으로 지불하는 돈이 어마어마해서 도시락을 싸 간 측면도 없지 않아 있다). 때마침 계절은 여름을 향하고 있었고, 겨울옷을 정리할 겸 옷장 정리를 했다. 한 번도 입지 않은 옷들은 따로 빼 두고, 자주 입는 옷과 앞으로 입을 옷들만 남겼다. 막연하게 예상은 했지만 내가 이렇게 옷이 많은 사람인 줄은 몰랐다. 한 번도 입지 않은 옷 중에는 초면(?)인 옷도 많았고, 태그를 떼지 않은 옷도 많았다. 그 옷들은 전부 주변 친구들에게 나눠 주었다. 중고 거래가 활발해져 당근마켓이 흥한 것도 내게는 반가운 일이었다. 쓰지 않는 물건, 앞으로 쓰지 않을 물건들을 당근마켓에 전부 올렸다. 거의 대부분이 미개봉 새 상품이어서 그런지, 거래 예약이 금방금방 잡혔다. 쓸 만한 쇼핑백과 투명하고 흰 비닐봉지, 수납함으로 쓸 박스만 남기고 나머지는 잘 분리수거해 처분했다.

요즘은 읽을 책, 소장하고 싶은 책을 고르는 중이다. 고르고 남은 책은 중고서점에 팔 생각. 이렇게 하나씩 비우고 나니, 이제야 보인다. 내가 호더와 맥시멀리스트라는 이름 뒤에 숨어 주거 공간을 어떻게 소모하고 있었는지. 집이 얼마나 쾌적한 공간인지, 그간의 내 주거 환경이 얼마나 엉망이었는지를.

내가 가진 호더의 기질이, 순식간에 사라지진 않을 것이다. 하지만 환경을 위해서도, 2년 뒤에 또다시 이사를 가야만 하는 주거 불안정자인 나를 위해서도 뇌에 힘 꽉! 주고 조금씩 바꿔어 보려고 한다. 부디, 2년 뒤에는 지금보다 짐이 늘어나 있지 않기를. 오히려 줄어들어, 알짜배기만 남긴 내가 있기를!

[윤채 댓글]

지은이 수집력은 같이 살아 본 내가 제일 잘 알지. 나는 미니멀리스트까진 아니지만 물건을 잘 사지 않는 편이잖아. 난 이상하게 집에 내 물건이 많으면 스트레스를 받더라고. 부모님의 도움 덕에 이사를 다녀야 하는 처지는 아니지만, 그래도 언젠가는 누군가를 위해 이 집을 비워 줘야 할 것 같아.

서울은 참 묘하지. 10년이 넘게 살았는데도 내 '집' 같지 않다니 말이야. 그래서 나는 필요 없는 것들은 자주 버려. 네가 아직까지 갖고 있다는 문집, 스무 살에 입었던 옷, 그런 물건들은 언제 버렸는지 기억도 안 날 정도로 자연스럽게 나를 떠났어. 오래된 물건들은 내겐 너무 지지부진해서, 나를 좁은 11평 빌라에 얽매는 것만 같아.

비워야만 숨 쉬는 것 같고 이곳을 금방 떠날 수 있을 것 같고, 이 빌라가 나의 종착지가 아니길 바라고.

번듯하고 넓은 집에서 살아 보고 싶은데 참 먼 얘기 같지. 들려오는 소식이라곤 전세 사기에, 미친 물가에, 금리 상승까지. 불안한 삶으로 떠밀리고만 있는데 안정적인 일상을 꿈꿔도 될까 싶어. 결국 내가 당장 할 수 있는 움직임으로 나를 달랠 뿐이야. 나는 버리면서, 너는 채우면서. 그게 우리가 이 불안한 서울을 이겨내는 방식이라 생각해.

부모의 건강, 자식의 미래, 가정의 행복, 애인의 안위, 친구의 의리 등 이유야 어떻든 누군가의 대출은 연체로, 누군가의 투자는 파산으로 이어졌다. 그러니까 모든 건 돈 때문이었다. 아니, 그것은 은행 대출조차 되지 않는 빈약한 사람들의 분에 넘치는 사랑 때문일지 몰랐다.

— 최지애 소설 「러브 앤 캐시」 中
(『달콤한 픽션』, 2023)

8. 밥벌이

글 쓰는 게 꿈인 너, 밥은 먹고 다니냐?

밥벌이
: 지은의 이야기

: 시인은 직업이 될 수 없다

상처를 재산이라고 할 수 있다면, 나는 부자였다. 내가 가진 재산은 상처뿐이었다.

유년 시절, 성장기에 겪은 일들은 내 안의 슬픔을 키웠다. 겉으로는 명랑한 척, 밝은 척 가면을 썼지만 내 속은 우울에 잠식당하고 있었다. 그러다 우연히 문학을 접하고 난 뒤, 나는 내가 가진 게 상처뿐인 게 좋았다. 아이러니하게도, 기쁘고 행복할 땐 글이 나오지 않았다. 내가 슬픔으로 가득 찰 때, 과거의 슬픔이 나를 툭툭 건들 때 글이 써졌다. 그렇게 나는 문학에 코가 꿰였다. 나의 상처가 나만의 문장과 단어로 나올 때, 슬픈 기쁨을 느꼈다. 이런 나를 보고 어느 날 윤채는 말했다. "상처 많은 네가 부러워."

윤채는 평화롭고 평범한 가정에서 자랐다. 상처로 얼룩진 나의 가정 환경과는 전혀 달랐다. 윤채는 자신은 상처가 없어서,

슬픔이 없어서 시가 잘 나오지 않는 것 같다며 자책했다. 나는 윤채에게 사람은 크든 작든 자신만의 상처가 있고 내 서사가 워낙 자극적이라 네가 그렇게 느끼는 것 같다고, 너도 분명히 너만의 슬픔이 있을 거라 말했던 기억이 있다. 윤채가 부럽다고 표현한 것에 악의가 없다는 것과 그 표현의 의미를, 글 쓰는 사람의 입장에서 잘 알았다. 나는 윤채의 말에 상처를 받지도, 기분이 나쁘지도 않았다. 사실이었으니까. 상처가 많아서 내가 글을 쓰게 됐으니까. 글을 쓸 때만큼은 상처가 나의 재산이자 자랑이었으니까. 나의 상처와 트라우마는 내 문학의 원동력이었다.

그때 당시의 나는 순수했던 걸까, 멍청했던 걸까. 나는 내가 한평생 문학만을 하며 살 줄 알았다. 문학이 내 길이라 생각했다. 그래서 문창과 학부를 졸업하고 동同 대학원 석사로 진학했고, 석사 학위를 따자마자 박사를 진학했다. 그 과정 속에서 나는, 현실을 맛봤다.

나는 2016년, 문창과 학부 시절에 등단이라는 제도권을 통과했다. 그때의 나는 내가 시인이라는 직업으로 평생 먹고살 줄 알았다. 어리석은 안지은. 지금 생각해 보면 멍청하기 짝이 없다. 나는 현실을 몰랐던 거다. 근래 시인이라는 타이틀로 강연을 몇 번 한 적이 있는데, 그때마다 내가 빼먹지 않고 농담 반 진담 반으로 하는 이야기가 있다.

여러분, 그거 아세요? 소설가에서 '가家[4]'는 어떤 일에 종사하

(4) (일부(一部) 한자어(漢字語) 명사(名詞) 다음에 붙어) 그 방면(方面)의 일을 전문적(專門的)으로 하는 사람이나 또는 어떤 일에 종사(從事)

는 사람이라는, 그러니까 직업을 뜻하는 의미를 담고 있기도 해요. 그런데 시인은 '사람 인人' 자를 써요. 시를 쓰는 사람인 거죠. 다시 말하면, 소설가는 직업이 될 수 있는데 시인은 직업이 될 수 없다는 말이에요. 아시겠죠?

시인으로 데뷔하고 나서, 열악한 현실을 알게 됐다. 이 세상에는 정말 많은 문학 잡지가 있다. 그중 추측건대 80% 정도는 자본 없이 어렵게 잡지를 발행하고 있는 듯하다. 그나마 자본이 있으면 시 한 편당 고료 10만 원 선을 준다. 보통은 편당 5만 원 정도인 것 같다. 적게는 한 편당 1~3만 원을 준 곳도 있고, 어떤 곳은 작은 쌀 한 포대나 감 한 박스를 고료 대신 보내 준 적도 있었다. 등단 후, 내가 직접 겪은 이러한 현실에 입이 떡 벌어졌다. 당시에도 돈 벌려고 시를 쓰는 것은 아니었지만, 시를 싣고 받는 고료의 수준이 이 정도일 줄은 몰랐다. 잘 모르는 사람들은 '그럼 매달 여러 군데의 문학 잡지에 시를 실으면 되는 거 아냐?'라고 물을 수도 있겠지만, 내가 시를 싣고 싶다고 해서 실을 수 있는 게 아니다. 매달 나오는 문학 월간지도 있지만, 보통은 분기별로 문학 잡지가 나온다. 문학 잡지 수만큼 시인들도 많아서, 매달 혹은 매 분기마다 청탁이 들어오진 않는다. 나의 경우에는 1년에 많아 봤자 두세 번 정도 청탁이 들어오는데, 청탁이 없을 땐 1년 내내 없었던 적도 많다. 즉, 1년에 내가 시 고료로 받는 돈은 50만 원을 채 넘기기 힘들다는 말. 이러한 현실은 데뷔 후 지금

하는 사람이란 뜻을 나타내는 말.

까지, 크게 바뀐 게 없는 듯하다. 여러 가지 담론들이 나오고 있고, 바꾸고자 목소리를 내는 사람들이 있지만 체감상 여전히 고료가 적은 곳, 고료를 지급하기 힘든 곳이 훨씬 많다고 느낀다.

시만 쓰면서는 밥을 벌어먹고 살 수가 없다. 시인은 직업이 아니다. 직업이 될 수 없다. 시인으로 살기 위해서는, 반드시 고정적 수입이 있는 직업이 필요했다. 나는 시인으로서의 전문성을 기르려고 대학원에 진학했다. 좀 더 문학을 공부하고 싶고, 문학 공부를 통해 시인으로서의 자의식을 키우고 싶었다. 하지만 그건 나의 욕심이자 이상이었다. 대학원은 현실이었다. 대학원의 학비는 학부 때보다 훨씬 더 비쌌고, 학위를 따기 위해 꼭 거쳐야 할 논문 발표 과정에서는 별도의 금액이 더 필요했다(학사·석사·박사 과정을 졸업하기 위해 토익 또는 학교 자체 영어 시험에서 점수 기준치를 넘겨야 했는데, 학사와 석사 때는 그 점수를 넘기지 못해 별도로 돈을 내고 수업을 들었다. 돈을 내고 그 수업을 수강하면, 영어를 통과시켜 주는 제도가 우리 학교에는 있었다. 그래, 나 영어 점수 돈 주고 통과했다!).

수입이 필요하다. 고정적인 수입이 들어오는 직업이 필요하다. 시를 쓰려면 내 생활이 안정되어야 한다. 의, 식, 주. 입고 먹고 자는 것에서 기본적인 안정이 필요하다. 그 안정을 얻고, 유지하려면 돈이 필요하다. 공부를 하기 위해선 돈이 필요하다. 돈이, 돈이 필요하다…! 그렇게 나는 밥벌이를 위해 직장을 구하기 시작했다.

: 가성비 최악, 글쓰기

문예창작학을 전공한 나는, 글쓰기 외에는 업으로 써먹을 수 있는 게 없었다. 막상 고정적인 수입을 위한 직장을 얻으려고 보니, 내 이력서가 한없이 초라했다. 학부 때 과 대표와 학과 부회장을 맡은 것, 흑인 음악 동아리 '흑풍'에서 래퍼와 보컬로 활동한 것, 2016 조선일보 신춘문예 시 부문에 당선된 것, 그 밖에 자질구레한 단기 아르바이트 경험들. 이 이력서로 어딜 비빌 수 있을까. 내가 돈을 벌 수 있을까? 자괴감을 느끼던 그때, 하늘은 날 버리지 않았다. 정말 우연히도 대학교 홍보팀에서 작가를 구하고 있었고, 선생님들의 추천으로 내가 그 자리에 들어가게 된 것이다!

홍보팀에서 내가 수행한 업무는 학교 뉴스레터에 실릴 교내 소식 기사 쓰기, 학교 잡지에 실릴 학과 소개글과 교수·학생·동문 인터뷰 취재 및 원고 작성, 신문사에 배포할 학교 관련 보도자료 작성, 총장님 인사말을 비롯한 각종 서신 작성 등이었다. 문학과 관련이 있는 글은 아니었지만, 어쨌든 글 쓰는 게 베이스인 업무였다. 그 자리가 정규직이면 좋으련만, 안타깝게도 그 자리는 외부 도급 계약 일자리였다. 하지만 근무지에 내 자리가 있었고, 일반 교직원처럼 매일 출·퇴근을 했다. 사실상 계약직인 것. 외부 도급 계약이든 계약직이든, 가장 중요한 급여는… 짰다. 세상에서 가장 짠 염전이 있다면 바로 내 월급. 총 4년을 일했는데, 해가 바뀔 때마다 월급을 올려 주긴 했다. 다만 내 입장에선 터무니없이 적었을 뿐. 얼마나 인상됐냐고? 고작 10만 원. 그래도 그나마 다행인 건, 직장에서 매 학기 석사 대학원 등록금을 지원해 줬다는 거다. 학교 측 입장은 이랬다. 등록금이 장학금 명목으로 지급되니, 내 월급이 적게 책정이 된 것이라고. 어쨌든 그때 당시에는 대학원 등록금이 내게 큰 숙제였는데, 그 부분이 해결되는 직장이었으니 나름대로 꽤 만족하면서 다녔다. 급여 자체로만 보면 아쉬운 직장인 게 맞지만, 그때 함께 일했던 홍보팀 교직원들이 너무 좋은 분들이라 내게 좋은 추억으로 남아 있다.

하지만, 현실적으로는 홍보팀 월급만으로 생활을 이어 나가는 게 힘들었다. 그래서 닥치는 대로 부업을 했다. 네이버 인공지능 클로버가 사용자에게 질문을 받았을 때 적절한 답변을 할 수 있게 대답을 작성하는 작업, 스마일게이트라는 게임 회사가 런칭하는 새로운 어플의 브랜드 네이밍 작업, 출판사에서 출간되는 번역서를 교정·교열·윤문하는 작업…….

쓰고 보니 온통 글과 관련된 부업을 했네, 내가. 어찌 보면 당연하다. 내가 잘할 수 있고, 그나마 장점으로 내세울 수 있는 게 글 관련 작업이니까. 하지만 부업을 하면 할수록 느끼는 건, 글 관련 부업의 페이는 정말 짜다는 것이었다. 내가 투자한 시간과 노동력에 비해, 책정되는 돈의 가치가 너무 적었다.

대학교 홍보팀을 퇴사하고 나서, 나는 사단법인 한국작가회의로 취직했다. 물론, 계약직. 나는 한국작가회의 사무처로 취직한 게 아닌 한국작가회의가 주관하는 '작가와 함께하는 작은서점 지원사업' 담당자로 계약을 한 것이라 계약직일 수밖에 없었다. 이 사업은 1년 단위로 진행되는 사업이라, 나는 1년마다 계약서를 새로 썼다. 물론, 현 정부가 들어서고서는 급격히 문화·예술계의 지원이 줄어들기 시작했고… 2023년 사업을 마지막으로, 나는 실직하게 된다. 현 정부가 기어이 내 밥줄을 끊는구나. 어쨌든, 홍보팀 퇴사 후 새 직장을 얻긴 얻었는데 월급이 높진 않았기에 또다시 틈틈이 부업을 하며 서울살이에 필요한 돈을 마련했다. 부업을 하지 않으면 한 달 고정지출비용을 감당할 수 없었기에.

내 고정지출비용은 이렇다. 대출 이자, 관리비, 공과금, 통신요금, 보험료, 병원비, 학비, 당비, 적금, 카드비…. 이 모든 것을 다 내면 월급은 통장을 스칠 뿐이다. 저것만 나가나? 친구 생일도 챙겨야 하지, 간헐적으로 경조사비 나가지, 회사에서 점심 사 먹어야 하지, 친구들이랑 만나서 놀기도 해야 하지…. 내 생활을 유지하기 위해서는 돈, 돈, 돈! 돈이 필요하다.

그래서 울며 겨자 먹기로 부업을 하는데, 지금 현재 하고 있는 부업은 사주·타로 상담, 음악극·뮤지컬 극본 집필 등이다. 사주와 타로를 제외하곤 지금까지 계속 글과 관련된 부업을 해 왔는데, 솔직히 너무 지치고 짜증 난다. 아니, 화가 난다. 내가 부업으로 활용할 수 있는 재능이 지금은 글뿐이라 글로 부업을 하고 있긴 한데, 마음 같아선 때려치우고 싶다. 글로 부업을 하기 싫다. 그 이유?

가성비가 구리다. 현재 하고 있는 부업, 음악극 극본(대본) 작업을 예로 들어 보자.

음악극은 문학으로 치면 시 같다. 뮤지컬은 그래도 그간의 극 작업과 비교했을 때 상대적으로 페이가 높은 편인데, 음악극은 문학으로 따지면 순수 문학 계열이다. 내가 작업한 음악극은 대부분 오페라 극이었는데, 여러분은 오페라를 본 적이 있는가? 유명한 오페라 말고, 창작 오페라. 아마 본 경험이 없을 것이다. 오페라극은 상대적으로 다른 음악극보다 덜 대중적이고, 그래서 자본도 적다. 이 말인 즉, 페이도 낮다는 뜻. 낮은 페이만큼 품도 덜 드냐고 물으신다면, 전혀 그렇지 않다. 오페라 극본과 대본 작업에는 굉장히 많은 품과 시간, 에너지를 쏟아야 한다. 등장인물 캐릭터 설정해야 하지, 극 스토리 써야 하지, 극 대사 써야 하지, 오페라 극이니 장면에서 대사가 음악으로 바뀌게 되면 대사를 가사화해야 하지, 각종 지문과 연출에 필요한 장치들을 극 안에 설명해야 하지, 연출과 작곡가와 성악가 의견 반영해서 극본 수정해야 하지, 회의해야 하지…. 신경 써야 할 게 너무 많다. 사실상 극 전체가 내 손에 달린 것이라 봐도 무방하다. 창작 오페라니까 등장인물부터 스토리, 무대 환경(조명, 사운드 등), 캐스팅한 배우 등을 모두 고려해서 극의 시작부터 끝까지 다 써야 한다. 며칠 투자한다고 뚝딱 글이 나오는 것도 아니고, 극본 하나를 완성하기 위해서는 몇 개월을 붙잡고 있어야 한다. 붙잡고 있다가 넘기면 끝이냐? 아니다. 부차적으로 따라붙는 일들이 너무 많다.

그런데, 페이는 언제 지급되냐 하면 극을 무대에 올리고 난 이후에 지급된다. 즉, 1월부터 6월까지 극 대본 작업을 했다면 7월부터 9월까지는 작곡가가 대본에 맞춰 작곡을 하는 기간, 9월부터 11월까지는 배우들이 대본에 맞춰 대사를 외우고 작곡에 맞춰 노래 연습을 하는 기간이다. 그 후 12월에 본 무대 공연. 사실상 1년을 갈아 넣는 작업이다. 그러면, 음악극 극본 작업의 페이—음악극 진행이 사실상 1년 전체에 걸쳐 진행되니까 연봉이라고 치자.—연봉이 얼마냐 하면, 많이 받으면 150만 원이고 적게 받으면 90~100만 원이다.

저 돈을 벌기 위해 나는 나를, 내 시간을 갈아 쓴다. 오전 10시부터 오후 6시까지 회사에서 일을 하고 집에 오면, 쉴 틈이 없다. 바로 컴퓨터 앞에 앉아 원고를 써야 하니까. 저녁이 없는 삶.

가끔 회사 일이 많아 야근을 할 때면, 내가 부업을 하는 시간은 더 뒤로 밀린다. 보통은 새벽 2시 정도까지 컴퓨터 앞에 앉아 글을 쓴다. 극 진행과 관련해서 아이디어가 나오지 않으면 글에 진도가 나가지 않는 건 당연지사. 원고가 여러 개일 경우엔 새벽 6시까지 쓰는 경우도 허다하다.

주말에 쉬면 되지 않냐고? 무슨 소리. 주말에는 출근을 하지 않기에, 하루 종일 원고를 쓴다. 불가피한 약속이 아니면, 거의 약속을 잡지 않는다. 솔직히, 너무 지친다. 나는 대체 언제 쉬어? 나는 언제 쉴 수 있는데? 주변 사람들이 건강을 생각해서라도 좀 움직이라고, 운동 좀 하라고 애정 어린 조언을 하지만 내게 운동은 사치다. 운동은, 저녁이 있는 삶을 사는 사람들이나 가능한 일이니까.

내 아이디어, 내 시간, 내 에너지, 내 건강을 깎아서 글에 투자해도 내게 돌아오는 건 100만 원뿐이다. 내 24시간을 1년 갈아

넣는 대가가, 고작 100만 원이다. 가성비, 어떡할 거야. 이렇게 가성비가 구린 글 작업을, 나는 할 수만 있다면 안 하고 싶다.

요즘 들어 번아웃이 와서 이런 감정이 더 강하게 드는 것일 수도 있다. 사실, 나는 이제 더 이상 창작을 기반으로 한 글쓰기로 돈벌이를 하고 싶지 않다. 단, 시 빼고. 시도 창작이긴 하지만, 시는 나의 이야기를 나의 언어로 늘어놓는 작업이기에 여전히 재밌다. 그리고, 결정적으로 내가 시를 돈과 연결 짓지 않는다. 시와 돈을 연결 지어 얘기하려면 구조의 문제도 있고 이런저런 이야기를 늘어놓아야 하니 일단 말을 줄이겠지만, 어쨌든 나는 시를 쓰는 창작 작업은 '돈을 버는 업'으로 여기지 않는다. 그래서 여전히 내가 재미를 느끼는 것일지도.

여하튼, 창작을 기반으로 글을 쓰는 돈벌이는 나를 갉아먹는다. 내게 너무나 큰 스트레스를 준다. 나의 아이디어가, 내 에너지가, 내가 쏟은 시간이 고작 이 정도의 페이로 책정되는 현실이 징그럽고 화가 난다. 농담으로, 내 꿈은 주님이라고 말하고 다닌다. 건물'주님'. 푹 쉬면서, 놀면서 돈 벌고 싶은데 흙수저로 태어난 내게는 불가능한 일이란 걸 안다. 그냥, 나는 적당히 일하면서 생활이 가능한 만큼의 돈을 벌며 살고 싶다. 저녁이 있는 삶을 살고 싶다. 그냥 그뿐인데 이 바람은 적어도 내겐 너무나도 사치다. 사는 게 너무 힘이 들어요…….

92년생, 내 나이 만으로 서른. 주변 친구들은 일찍이 대학교를 졸업하고 번듯한 직장을 가진 채 살고 있다.

나는 문학이 밥 먹여 주는 줄 알았다. 밥벌이가 가능할 줄 알았다. 현실은 아니었다.

번듯한 직장을 다니는 친구들을 보면서, 내가 조금씩 도태되고 있다는 생각을 한다. 시간이 지날수록 친구들은 커리어를 쌓아서 높은 연봉을 받겠지. 더욱 안정된 삶을 살겠지. 친구들은 대부분 정규직이다. 당연하다. 정규직이어야 노동자로서 권리를 보장받고, 커리어로 인정되고, 안정된 직장이라 여길 수 있으니. 나는 홍보팀에서의 4년도, 한국작가회의에서의 3년도 전부 다 계약직이다. 이력서에 정규직, 경력직 타이틀 하나 쓸 게 없다.

씁쓸하다. 내 생활을 어떻게든 유지하려고 아등바등 살았는데, 이력서에 제대로 쓸 이력 하나 없다. 사회에서는 여전히 여자 나이가 서른 넘으면 취업이 어렵다는 말이 통용되고 있다. 그 말에 주눅이 들면서도 반발하고 싶은데, 반발하기에는 내 현실이 시궁창인걸.

모두가 다 안정된 직장을 가져야 하는 것은 아니지만, 생활을 유지하기 위해선 어느 정도 안정된 수입이 필요하다. 안정된 수입을 얻으려면 꽤 그럴싸하게 밥벌이를 할 수 있는 직업이 필요하다. 업으로서의 돈벌이가 필요하다. 나는, 무엇을 업으로 삼고 돈벌이를 할 수 있을까.

요새 나를 가장 많이 괴롭히는 고민이다. 갑작스러운 사업 폐지로 인해서, 반강제로 직장을 잃게 돼서 더더욱 그렇다. 무엇을 업으로 삼고 살아가야 할까. 내가 무엇을 업으로 삼을 수 있을까.

사실, 나는 나에 대해서 잘 안다. 나는 회사 체질이 아니다. 누군들 회사 체질이겠냐만은, 고분고분 윗사람 말을 따르고 네, 네 하는 건 내 기질과 맞지 않다. 잘못된 건 잘못되었다고 이야기를 해야 직성이 풀리고, 보수적이고 딱딱한 회사 분위기는 딱 질색이다. 나는 자유로운 분위기에서, 자유롭게 일을 하는 게 기질상 잘 맞다는 걸 안다. 하지만, 프리랜서는 싫다. 수입이 들쭉날쭉하니까. 글로 돈을 버는 건 가성비가 너무 구려서 내가 힘들고. 대체 무얼 업으로 삼고 살아야 할까. 사회 분위기가, 주변 분위기가 번듯한 직장이 없으면 딱한 눈으로 보니까 그 눈치를 내가 보고 있는 것일지도 모른다.

어렸을 땐 막연하게 내가 30대가 되면, 멋진 커리어 우먼이 되어 있을 거라고 생각했다. 하지만 직접 맞이한 30대는, 커리어라기엔 조잡하고 엉성한 경력뿐이다. 나갈 돈은 점점 더 많아지고, 돈은 벌어야겠는데 도통 업으로서의 돈벌이를 무엇으로 삼아야 할지 감이 안 잡힌다. 안 잡힌다고 해서 망연자실한 채로 넋 놓고 있을 순 없어서 나름대로 어떤 몸부림을 치고 있긴 하지만, 글쎄.

앞으로 나는, 우리는 어떻게 될까? 우리 세대의 미래는 더할 나위 없이 불투명해서, 어느 하나 확신을 가질 수 없다. 그렇지만 아주 먼 훗날, 뒤를 돌아봤을 때 내 발자국이 엉망진창 얼레벌레 찍혀 있더라도 내가 어딘가에 도달해 있는 상태길 바란다. 불투명한 미래 속에서 어디로 가야 하는지, 어떤 방향이 맞는지 혼란스럽지만 흘러가는 대로 표류하다 보면 분명 어딘가에 당도할 것이라 믿는다. 표류하면서, 우리 같이 배워 보자. 뭐라도 남겠지. 인생, 모르는 거니까. 어떻게든 뭐라도 손에 쥐고 있을 거야. 먼 미래에 내가 어떤 업을 갖고 있을지, 지금의 내가 두 눈 똑똑히 뜨고 지켜보겠어. 뭐라도 업으로 삼고 잘 살고 있기를!

유행하는 밈meme 중에, 나는 '오히려 좋아'와 '가 보자고!'를 좋아한다. 그다지 좋은 상황이 아닐 때, '오히려 좋아'라고 되뇌면 정말 뭔가 오히려 이게 기회인 것 같고, 잘 극복해 나갈 힘이 생기는 느낌이 든다. 이어 '가 보자고!'를 외치면 죽이 되든, 밥이 되든 어떻게든 헤쳐 나갈 수 있을 것만 같은 기분이 들고. 현실과 상황이 녹록지 않더라도, 어쨌든 나는 살아가야 한다. 그렇다면 '오히려 좋아', 이 현실이 나를 주눅 들게 할지라도 내가 얼마나 당차게 살아가는지 보여 주겠어.

마음껏 표류하면서, 나는 오늘을, 내일을 살아갈 것이다. '가 보자고!'

[윤채 댓글]

상처가 부럽다고 한 건 어릴 때 한 철없던 행동이야. 정확히 말하자면 달리 표현할 방법을 몰랐어. 정말 부러워서 부럽다고 말한 게 아니고, 그 감정을 뭐라고 표현해야 할지 모르겠으니 '부럽다'로 뭉개 버린 거지. 이제는 설명할 수 있을 것 같네. 나는 너의 깊은 내면 세계를 문학으로 풀어내는 '능력'이 부러웠어. 나도 사람인데 상처가 없을까. 하지만 나는 내 경험과 생각을 작품으로 어떻게 써야 하는지 도무지 모르겠더라. 너는 어떤 소재가 됐든 너의 문장을 써 내려 나갔잖아. 그게 부러웠어. 어떤 감정이든 문장으로 풀어내는 너의 강직함이. 너의 내밀함을 두려워하지 않고 마주 보는 용기가 부러웠어. 그래서 네가 요즘 글 쓰기 싫다고 말하는 게 마음이 아파. 이런 나쁜 현실 같으니!

그래도 우린 오히려 좋아. 글 쓰는 게 싫어진 김에 다른 좋아하던 걸 하자. 꼭 글이 우리를 먹여 살리진 않을 거 아니야. 나도 자신 있게 할 수 있는 다른 일이 없으니 글로 돈을 벌지만, 어떻게 생각해 보면 관성적인 결론 아닌가 싶어. 요즘은 새로운 일에 도전해 보고 싶어져. 그게 뭐가 될진 아직 모르겠지만 말이야. 지은이도 뭐가 됐든 확신이 드는 일에는 뒤돌아보지 말고 가 버려. 뭘 하든 우린 서로의 옆에서 응원해 줄 거잖아. 어떤 날씨가 찾아와도 그게 뭐가 중요하겠어. 서로라는 닻이 있는데! 우울해하고, 침잠하고, 웃고는, 잠시 행복하다가 한 해를 또 보내겠지. 파도 없는 맨땅 위에서 이제 좀 편하다, 라고 말하는 날이 언젠가 오겠지. 그때를 위해서 우리는 그냥 살아내야지. 표류하고 있지만 괜찮다고 말하는 날을 위해서 말이야.

밥벌이

: 윤채의 이야기

: 어째서 걸러지기만 하는 건지

최초의 용돈벌이는 수능이 끝나고 난 후 백화점에서 전단지를 돌리는 것이었다. 에스컬레이터 앞에 서서 지나는 사람들에게 이벤트 홍보 브로슈어를 돌리는 일이었는데, 별로 잘하진 못했다. 거들떠도 보지 않고 지나는 사람들에게 상처나 받았지 잘해야겠다는 마음이 들지 않았다. 그래서 한 번에 은근슬쩍 두 장을 더 주면서 할당량을 채웠다. 하루 종일 일하고 받은 돈은 2만 원이었다. 이제 막 고등학교를 떠날 준비를 하고 있던 아이에겐 큰돈이었다.

대학 입학 후엔 아르바이트를 이것저것 했다. 부모님에게 받는 용돈이 있긴 했지만 이상하게 나는 돈이 잘 안 모였다. 옷도 잘 안 사고 배달 음식을 많이 먹는 것도 아니었는데 늘 잔고가 부족했다. 그래서 아르바이트는 필수였다. 전단지처럼 일용직 말고, 파트타임으로 처음 구한 알바에선 시급 4,350원을 받았다. 이후 5,300원짜리 식당에서 일하다가 4,800원 정도 하는 카페에서 일했다. 제일 많은 시급을 받았던 건 이태원 할리스에서 밤 11시부터 아침 7시까지 일했을 때였다. 주휴 수당과 야간 수당까지 받으니 대략 9천 원 정도의 시급이 나왔다. 지금과 비교하긴 민망하지만 그때는 시급 9천 원이면 꽤 많이 받는 거였다.

웃긴 건 2일 일하고 받은 아르바이트비가 막내 작가로 매일 출근하며 받은 금액과 큰 차이가 없었다. 막내 작가 땐 주 7일 근무하며 밤을 샜는데도 한 달 급여가 90만 원이었는데, 할리스에서 받은 아르바이트비는 한 달 60만 원이었다. 그래서 어쩔 땐 평생 알바만 하고 살아도 되겠다 생각한 적 있다. 지금은 비록 그때보단 많이 벌지만 천정부지로 올라 버린 물가를 감안하면 금액만 다를 뿐 가치는 비슷한 것 같다.

특히 나는 단 한 번도 의심해 본 적 없는, 뼛속까지 문과생이기 때문에 취업할 수 있는 직군이 많지 않다. 정확히 말하자면 돈을 *많이* 벌 수 있는 직군이 없다. 내가 졸업한 문예창작학과는 행정상 예술의 범위에도 속하지 않을 때가 있어 관련 직종에 취업하기가 정말 애매하다. 이걸 어떻게 알았냐고? 경력을 살리기 위해 문화재단에 이력서를 넣으면서 알게 됐다. 참고로 나는 어느 문학 관련 사단법인에서 약 7년간 일했다. 여러 행사를 기획하고 진행하며, 회계도 담당했다. 억 단위의 국가 사업을 담당했고, 혼자서 관리하는 회비의 규모만 해도 1억이 넘었으니 나쁜 경력은 아니라 생각했다. 그렇게 1여 년 동안 문화재단에 이력서를 넣었는데, 1차 서류 전형도 통과한 적이 없다.

내가 공기업을 너무 만만하게 생각했던 탓도 있다. 20대 청년 10명 중 3명이 공시생[5]인 세상인데 문화재단에 들어가는 게 쉬울 거라 생각했다니. 그래도 서류 전형 정도는 통과하겠거니 했지만 순진하고 어리석은 꿈이었다. 고백하자면, 방송 작가는 프리랜서였고 사단법인은 소개를 받아 들어갔기 때문에 제대로 된 취업 준비를 해 본 적이 없었다. 이력서나 자기소개서를 채우기 위해 밤을 새운 적도 없었고 면접을 위해 스터디를 해 본 적도 없었다. 그런데도 쉽게 생각했다니, 참 순진했다. 결국 나라는 사람은 취업 시장에서 경쟁력이 없었다. 미리 알았다면 대학원이라도 그쪽으로 진학했을 테지만 이미 난 문예창작 석사 졸업생이다. 참 여러 가지로 애매한 포지션. 이런 애매한 사람이 정박할 수 있는 곳은 어디일까?

그런데, 주변 이야기를 들어 보면 나와 비슷한 이유로 취업(혹은 이직)에 고전하는 사람이 많다. 떨어질 만한 이유가 없어 보이는데도 낙방하는 사람들이 많다는 뜻이다. 문화재단 근무 경력이 오래됐거나 규모가 큰 문화 행사를 여러 번 경험해 봤어도, 심지어는 예술학과 전공으로 외국 대학을 졸업했는데도 불합격 결과를 받는다.

동생은 퇴준생(퇴사 후 취업 준비) 신분으로 약 9개월을 버텼다. 환경 공학을 전공해 일자리가 많을 줄 알았는데, 이곳의 필

(5) 황정일, 「공무원·공공기관 공채로 몰려…20대 취준생 10명 중 3명이 '공시생'」, 《중앙선데이》, 2021.12.11.

드도 대한민국 취업 시장답게 척박했다. 관련 실무 경력이 3년이 나 있음에도 불구하고 무슨 이유에선지 1차 통과부터 어려웠다. 처음엔 자기소개서가 문제였나 싶었다. 그래서 돈을 지불하고 첨삭을 받았다. 그런데도 떨어졌다. 그다음엔 자격증이 부족한 탓인가 싶었다. 그런데 자격증이 없는 사람도 1차까지는 통과하는 걸 보았다. 그렇다면 경력 문제인가, 생각해 봐도 3년 동안 회사 생활을 했으니 그것도 말이 안 된다. 처음 목표는 2차 전형인 NCS 시험을 쳐 보는 것이었지만 절대 쉽지 않다는 사실만 깨달았다.

이건 내가 문화재단에 지원했을 때와 똑같은 루트였다. NCS가 정확히 뭔지도 모르는 나였기에, 시험장 분위기라도 느껴 보고 싶어 다수의 재단에 지원했지만 그 기회조차 받지 못했다. 오래 준비한 사람들에게 물어보니 관련 경력이 많긴 하지만 재단에서 '직접' 일한 경력이 없어서 그렇다고 했다. 하하. 재단 경력을 가질 수 있는 방법은 계약직으로 일하는 것밖엔 없는데, 서른 살이 넘은 나에게 좋은 선택지는 아니다. 이 사회는 정말 다양한 이유로 나를 걸러내는구나, 싶었다.

어째서 지원 경쟁률을 줄이기 위한 방안들만 생겨나는지 모르겠다. 자기소개서, NCS, 인적성 검사 그런 것들이 실무 능력을 판가름하진 않는다는 것쯤은 모두가 알 거다. 왜 아직도 국영수를 공부해야 하는지, 어떤 직종이든 이렇게 경쟁률이 높은지, 이렇게도 수많은 사람이 일자리에 매달리고 있는지 믿기지 않을 정도다. 지원자들을 효율적으로 걸러내는 방법만 다양해지는 기분이다. 넓은 스펙트럼을 갖고 있는 사람도 바늘구멍 하나에 들어가기 위해 자신을 끝없이 정제해야 한다. 나처럼 애매한 사람들은 어디서부터 다시 시작해야 하는지 혼란스러울 정도로. 참, 이 나이까지 밥벌이를 고민할 줄은 몰랐다.

: 회사원만 직업인가?

하고 싶은 건 많았다. 주로 글 쓰는 일이었다. 시를 오랫동안 써 왔지만 아직까지 나는 등단을 하지 못하고 있다. 등단을 기다리지 않고 책을 내는 방법도 있으나 뭐가 맞는 건지 잘 모르겠다. 길다면 긴 사회생활을 하고 보니 내 욕망은 '돈을 안정적으로 버는 것'을 향하고 있었다. 프리랜서도 좋았지만 안정적이지 않으니 자꾸 딴생각이 들었다. 평생 밥 벌어먹고 살 수 있게 하는 원천을 찾으려고 했다. 지은이는 이런 혼란엔 부모님의 영향이 있을 것이라고 했다. 맞는 말이다. 수입도 지출도 안정적인 교사 집안이었으니 마음 한구석엔 그런 생활의 달콤함이 박혀 있는 것이다. 그래 놓고 한편에선 "돈 생각 않고 하고 싶은 문학을 하겠다!" 하는 철없는 자아가 대립 중이다.

그렇다고 지금까지 문학을 대충 해 온 것도 아니다. 일주일에 두 번 시 창작 스터디를 하며 매일 시를 쓰고 퇴고했고, 신춘문예 시즌이나 신인문학상 마감 시즌엔 보름 내내 밤을 새우며 준비했다. 한 2년 정도는 정말 등단 하나만을 보면서 준비했던 것 같다. 그런데도 내가 그리고 그리던 소식은 오지 않았다. 그 이후로는 마음을 내려놓고 시를 쓰고 있다. 이전만큼 치열하지 않아서 그런지 요즘엔 예심 통과도 거의 못 한다. 그사이 대학원에 다니며 쓴 석사 논문 하나만이 한 줄기 남은 자존감을 붙잡아 주고 있다.

사실 회사에 다닌다는 건 나에게 그다지 중요한 일이 아니다. 정형화된 절차를 싫어하고 실적 압박과 경쟁 스트레스에 취약한 나는 대기업에 일자리를 얻어도 그리 오래 다니지 못할 거다. 더 솔직한 마음으론 회사 생활을 하고 싶지가 않다. 유유자적 놀러 다니고 싶다는 뜻이 아니라, 회사원이 아닌 다른 직업을 가지고 싶다는 뜻이다.

어차피 본업을 글 쓰는 일로 정했다면 사실 밥벌이는 무엇을 해도 상관없다. 다만 내 발목을 붙잡는 단 한 가지. 알량한 자존심이다. 누굴 만나도 "나 이런 회사 다녀요." 하며 당당하게 말하고 싶은 욕망이 나를 이도 저도 못 하는 인간으로 만든다. 왜냐하면 회사의 네임 밸류와 규모가 곧 나의 사회적 입지나 마찬가지니까.

이 세상에 직업이 얼마나 많은데 나는 왜 자꾸 회사에 다니는 내 모습만 그리는 걸까? 한때는 방송국, 한때는 공기업에 다니는 나를 그리다가 어느 찰나엔 전문직을 하고 있는 나를 떠올리곤 한다. 자영업이나 기술직, 프리랜서도 내게 알맞은 직업이 될 수 있는데 꿈도 꾸면 안 되는 일처럼 느껴진다. 만약 내가 회사원이 아닌 삶을 산다? 어쩐지 낙오된 기분이 든다. 이건 '회사'가 직업의 기준이라서 그렇다. 건실한 사회 구성원이라면 회사의 월급을 받으며 살아야 한다고 나도 모르게 생각하고 있는 것 같다. 이 세상에 아무리 많은 직업이 있어도, 회사원이 아닌 다른 직업을 가진다는 건 회사원을 '못' 해서, 회사에 취직하지 '못'해서 그렇다고 오해받을 것 같다. 내가 좀 오버하는 건가? 하지만 진짜 무서운걸.

그나마 유연한 사고를 가진 친구들은 유튜브 같은 크리에이티브 콘텐츠에 도전했다. 수익을 창출하는 데에 성공한 케이스는 없지만 도전을 했다는 것만으로도 대단한 거다. 지은이도 브이로그용 채널을 가지고 있다. 몇 번의 업로드 이후 수년간 멈추어져 있지만 그는 늘 마음 한편에 유튜브에 대한 욕망을 품고 산다. 나는 유튜브로 성공하고 싶은 마음은 없다. 대신 작사나 드라마 대본을 쓰고 싶다. 그러나 빈약한 실천력에 비례하는 망설임 때문에 시간만 보내고 있는 중이다.

그래서 지은과 나는 요즘 서로에게 꼭 필요한 말을 해 주고 있다.

"할 수 있다, 니는. 빨리 시작해라."

혹여 둘 중 하나가 괜한 걱정을 늘어놓으면 이렇게도 말한다.

"그래도 해야지."

그래도 해야지. 매번 새로운 이유로 사회라는 필터에서 걸러진다 해도 찌꺼기보단 정제된 물이 나오니까. 마지막 한 방울로서 유리컵에 안착하기 위해 '시작'하는 삶도 나쁘지 않다. 그런 내 모습이 좋기도 하고. 누구나 알 법한 기업에 다니진 않아도 '너 정말 갓생 산다'는 말 한마디에 기분이 좋아질 때도 있다. 남들에게 보여 주고 싶은 내 모습을 잘 가꿔 나가고 있다는 뜻이니 말이다.

[지은 댓글]

맞아, 그래도 해야지. 현 정부 정책으로 우리가 두 살이나 어려졌으니, 뭐든 시작해도 늦지 않은 나이가 됐잖아. 물론, 현실은 여전히 여자 나이 서른 넘으면 취업 시장에서 경쟁력이 떨어진다는 인식이 만연하지만. 그런 사회 인식에 주눅 들고 싶지 않아서, 이것저것 하고픈 것들을 해 나가려는 계획을 세우기는 하는데… 왜인지 모르게 자꾸만 주눅이 들어. 네가 곁에서 할 수 있다고, 해 보자고 격려를 해 주는 게 분명 큰 힘이 되긴 하지만……. 시작하기 전에 자꾸 망설이게 돼. 내가 지금 이런 것을 도전할 때인가? 내 동년배 친구들은 다 자리 잡고, 안정적으로 살고 있는데. 지금 시작하면 늦은 것 아닐까? 하는 생각들이 내 발목을 자꾸 잡아.

나는 예나 지금이나 도전하는 걸 좋아하고, 모험을 즐기고, 포부와 꿈이 많은 사람인데. 자꾸 기가 죽고, 용기가 없어져. 꽂히면 바로 추진해 버리던 옛날의 내 패기가 그립고. 그런데 너는 거침없이 도전하더라. 나는 여전히 망설이고 있는데, 작사 공부를 하고 싶다더니 얼마 안 가 작사 학원을 등록하는 널 보며 자극을 많이 받았어. 그래, 옛날의 안지은 어디 갔어? 윤채처럼 패기 있게, 하고픈 것 해 보자고! 마음먹은 것도 잠시, 그놈의 돈이 자꾸 내 발목을 잡더라. 내가 지금 하고픈 것 중에 돈 들어가는 것 없이, 투자 없이 할 수 있는 게 없더라고. 그냥 나를 위해서, 내 미래를 위해서 두 눈 꾹 감고 질러 버리면 되는데. 나날이 늘어나는 대출 이자가, 카드값이, 병원비가 내 발목을 자꾸 잡아. 서울살이를 유지하려면 고정적인 수입이 필요하잖아. 매달 고정적으로 나가는 지출이 있으니까. 이런 상황에서 내가 지금 나를 위해, 불확실한 미래를 위해서 돈을 쓰는 게 맞나? 매달 월급은 들어오자마자 빠져나가기 바쁜 상황인데. 내가 하고픈 걸 한다는 거 자체가 사치 아닐까…….

현 정부가 문화예술 예산을 확 줄여 버려서 한순간에 갑자기 내가 백수가 된 거, 알지? 졸지에 원치 않는 실직을 앞두고 가장 먼저 든 생각은 '고정적인 수입이 없으면, 다달이 나가는 고정지출을 어떻게 메꾸지?'였어. 무조건 다른 직장으로 취업을 해야 하는 상황인데… 내가 드디어 미친 걸까? 이상하게 마음이 좀 편한 거 있지. 실업급여 지급액도 줄어든 마당에, 한편으론 마음이 편해. 당장 매달 나갈 고정지출을 생각하면 갑갑하긴 한데, 약간 나에게 기회 아닌 기회라는 느낌이랄까. 어차피 백수인 거, 내가 하고픈 것 해 볼 수 있는 마지막 기회 아닐까? 하는 생각이 들기도 해. 이런 내 생각을 들으면, 너는 분명 "맞다, 기회다!" 하고 내게 용기를 북돋아 주겠지.

네가 좋아하는 노래 중에 '마시따 밴드'의 〈돌멩이〉라는 곡이 떠오르는 건 왜일까? 돈벌이, 밥벌이가 너무 중요할 수밖에 없는 현실이라 돈 번다고 그간 허덕이며 살았는데, 이왕 백수된 거 나 이리 치이고 저리 치여도 한번 굴러가 보려고. 누군가의 눈에는 사치일 수 있겠지만 〈돌멩이〉의 가사처럼, '굴러가다 보면 좋은 날 오겠지'라 믿으며!

우리는 표류하고 있습니다
2024년 12월 20일 1판 1쇄 펴냄

지은이 안지은 전윤채
펴낸이 김성규
편집 김안녕 조혜주 한도연
디자인 신혜연
펴낸곳 걷는사람
주소 경기도 용인시 기흥구 동백중앙로 358-6, 7층 (본사)
서울시 마포구 월드컵로16길 51, 304호 (지사)
전화 031 281 2602 / 02 323 2602
팩스 02 323 2603
등록 2019년 9월 3일 제2022-000287호

ISBN 979-11-93412-85-5 04800
ISBN 979-11-89128-13-5 (세트)